VIVIANE MOORE

VERT-DE-GRIS

LIBRAIRIE DES CHAMPS-ÉLYSÉES

Provins au XIIᵉ siècle

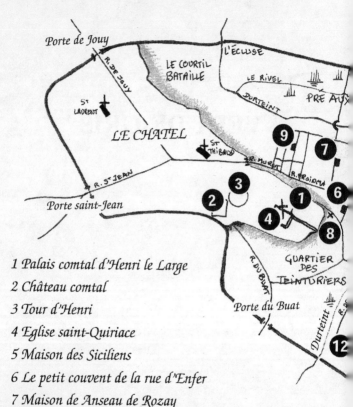

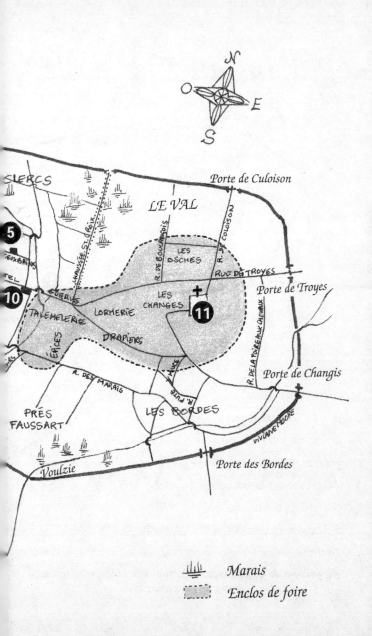

Marais

Enclos de foire

Première partie

« Ces princes qui n'ont rien su faire de bon
sur la terre du Seigneur et qui,
dans leur pays où ils sont revenus
en si grande hâte,
révèlent leur incroyable malice. »

Bernard de Clairvaux, XIIe siècle.

1

Le lourd convoi arriva en vue de la citadelle de Provins, un peu avant la tombée de la nuit du 12 septembre 1154.

Cernée d'une longue palissade de bois, la ville basse était surmontée d'un piton rocheux où se dressait l'enceinte protégeant le châtel des comtes de Champagne et la ville haute.

En tête de la colonne chevauchait le jeune et beau Tancrède sur son destrier noir au front étoilé de blanc. Il avait à son côté un petit homme à l'air madré, perché sur une solide jument rouanne.

On l'appelait Darde Caballe. Il était guide de son état ou, si l'on préfère, faiseur d'étapes, chargé de tracer la route et d'escorter les convois importants et les voyageurs de distinction.

Dix cavaliers armés suivaient les deux hommes. Ensuite venaient onze chariots entièrement bâchés, tirés chacun par deux chevaux de trait de taille impressionnante.

Une autre troupe d'hommes d'armes fermait la marche.

Il faisait beau, mais la brume du soir et un petit vent froid venu du nord engourdissaient les membres des bêtes et des hommes recrus de fatigue après une longue route.

– Par saint Michel, dit Tancrède à son compagnon, voici le soleil qui se couche ! Même en nous hâtant, nous n'arriverons pas avant la fermeture des portes de la ville basse !

– Vous mettez donc pas en peine, messire, fit l'autre. Est-ce que vous ne me payez pas pour vous ouvrir la route, alors pourquoi pas les portes ?

Tancrède lui jeta un coup d'œil et sourit. Le petit homme, à la barbe dure comme du crin de sanglier, mâchonnait tranquillement un brin de paille. Ancien soldat, il semblait partout chez lui.

2

Contrairement à la plupart des grandes cités, Provins était située à l'écart des anciennes voies romaines, au milieu d'épaisses forêts et d'essarts nouvellement défrichés. Ses puissants remparts de pierre abritaient la haute ville et le châtel des comtes de Champagne. En dessous, cernés par des marais, se trouvaient la ville basse et son menu peuple que protégeaient de simples palissades de bois et des talus de terre.

En approchant des défenses de la ville basse, les voyageurs aperçurent de loin ce qu'ils prirent tout d'abord pour une rixe…

C'était simplement la fermeture de la porte de

Changis. Comme chaque soir, les gens du corps de garde et quelques cavaliers de la prévôté expulsaient à grands coups de fouets la centaine de misérables en guenilles qui, la nuit venue, n'avaient point le droit de demeurer en ville.

Le convoi fit halte à quelque distance de la cohue des forenses, catins de bas étage et autres mendiants valides qui fuyaient en tous sens, poursuivis par leurs tortionnaires.

Assourdi par les cris de douleur, les hurlements de rage, les imprécations et les injures ordurières, Tancrède observait la scène dans ses moindres détails, non sans y voir quelque mauvais présage, comme une image des châtiments que l'enfer réserve aux damnés.

Quant à Caballe, il se tordait de rire en regardant les malheureux s'égailler dans la campagne hostile, à la recherche d'abris précaires.

Lorsqu'il vit enfin la place à peu près déblayée et que les portes de la ville allaient se refermer pour de bon, il piqua des deux en criant, en direction d'un sergent à cheval.

– Hé ! Bougre de rousseau, tu vas pas clore ton huis au nez de nobles voyageurs !

Le militaire tourna son visage en sueur vers les arrivants. À son côté pendait un long fouet qui ruisselait de sang.

– Morgué ! C'est toi, Caballe, toujours à déranger ton monde ! grogna-t-il d'une voix essoufflée. Chienne de vie ! Avec la foire de Saint-Ayoul qui commence, les voilà qui rappliquent tous, collant comme des mouches. Ils disent qu'ils veulent travailler et quand ils sont dedans la ville, ils mendient, ils chapardent ou pire encore… sans compter ces engeances de filles qui montrent leur cul et dépouillent le bourgeois…

Il s'interrompit afin de reprendre haleine. Caballe connaissait l'humeur du sergent et attendait en silence qu'il se calme, ce qui ne tarda pas.

– Et toi, dit-il presque posément, quel mauvais vent t'amène ?

– Ben tiens, dit en souriant le guide, la même chose que tes pendards. En vérité, j'ai l'honneur d'escorter ces nobles marchands qui demandent à entrer dans la ville pour y faire commerce.

– Et tu vois pas que la nuit est tombée et que ces foutues portes devraient être fermées depuis longtemps ?

– Je remarque seulement qu'elles ne le sont point encore, fit Caballe avec un petit rire.

Tancrède, qui s'était approché, suivait la palabre non sans un certain amusement.

Il se doutait que les deux compères avaient des accointances et jouaient cette petite comédie pour tirer quelques deniers de plus aux riches voyageurs.

– Fort bien, fort bien, vieille canaille, ça pourrait s'arranger, disait le sergent en se grattant la joue. Mais d'abord, est-ce que vous avez un conduit de foire, parce que si vous n'en avez pas, vous irez vous faire foutre, comme tous ces pieds poudreux ! Vous attendrez dehors qu'un autre jour commence !

À bout de patience, Tancrède poussa brusquement son destrier vers le soudard.

– Voilà ton conduit, tout est en règle, dit-il en lui tendant un rouleau de parchemin. Et maintenant, hâte-toi de faire ton office, ou il pourrait t'en cuire !

Le sergent attrapa le parchemin et, sans même le regarder, rétorqua en désignant les chariots :

– Que transportez-vous là-dedans, messire ? On peut voir ?

– Des tissus d'Orient, des damas, des samits de Byzance… mais tu n'es point responsable des foires que je sache, observa rudement le cavalier. Nous n'avons à rendre compte des marchandises qu'au prévôt lui-même ou à ses clercs.

– Peut-être bien, messire, peut-être bien, mais nous autres, on doit veiller à ce qui rentre dans la ville, et avec la foire, croyez bien qu'y faut prendre garde plus souvent qu'à son tour.

Un coup d'œil à la large stature et au visage menaçant du jeune homme convainquit brusquement le rustre de se tenir coi.

Il baissa vivement le nez sur le parchemin, dûment paraphé par le comte Henri Iᵉʳ de Champagne en personne.

– Bon, tout va bien, fit-il. Holà ! Bandes de cornards ! Dégagez-moi la voie, que ces chariots puissent passer !

Pendant ces longs marchandages, un cavalier s'était détaché de l'escorte et s'était approché d'eux.

C'était un homme âgé, monté sur un palefroi de grand prix. À sa vue, Tancrède s'inclina respectueusement :

– Tout va bien, mon seigneur, ne vous inquiétez, nous entrons dans Provins.

Le vieil homme hocha la tête mais ne dit mot. Son regard vif observait ce qui l'entourait, sans qu'aucune expression ne passe sur son visage marqué par la fatigue.

Se tournant à nouveau vers le sergent, le chevalier lui intima :

– Indique-nous les loges des drapiers, nous avons assez perdu de temps.

– Ah ça, c'est pas possible, messire chevalier, même avec toute ma bonne volonté, il est trop tôt !

– Comment ça, trop tôt ?

– On ne rentre pas dans les loges avant l'ouverture de la foire, dans deux jours de ça. Et puis, y faut que les hommes du prévôt voient vos marchandises et que vous payiez le cens seigneurial et les taxes. Par contre, comme pour les autres marchands, on va vous trouver une place au pré, et vous aurez du fourrage pour vos bêtes et du bois pour la nuit.

Le visage du jeune chevalier s'assombrit.

– Je ne pense pas que le comte Henri appréciera la façon dont vous traitez…

À ces mots, le vieil homme posa sa main sur le bras du chevalier qui s'interrompit aussitôt.

– Le comte Henri… répéta le sergent, mal à l'aise. Allez, messires, n'allez pas croire que j'ai quelque chose contre vous, mais j'ai mes ordres, et le prévôt ne badine pas avec la sécurité de la foire. Reprenez votre conduit. J'vas demander à un de mes gars de vous guider au pré. Demain, à l'aube, les gens de la foire vous mèneront aux entrepôts et aux hôtelleries.

– Tu pouvais pas le dire plus tôt, foutre de courtaud ! dit Caballe en s'approchant du soudard à le toucher.

Et Tancrède vit qu'une petite bourse changeait discrètement de propriétaire.

Se tournant ensuite vers l'un de ses hommes, le sergent lança d'un ton rogue :

– Toi ! Oui toi ! Au lieu de bayer aux corneilles, conduis ces nobles voyageurs aux prés Faussart, près du ruisseau. Tu leur montreras où ils peuvent faire boire les bêtes. Et n'oublie pas en passant aux Bordes de leur faire remettre des fagots de bois et du fourrage.

Sans en écouter davantage, Tancrède donna le signal du départ, et la colonne s'ébranla, franchissant enfin les portes de Provins.

Devant eux s'étendait la ville basse, enchevêtrement de ruelles puantes, maisons de torchis et de bois serrées les unes contre les autres, toits de roseaux et de tuiles, vignes et jardins de maraîchers cernés de marécages emplis de roseaux…

Malgré l'heure tardive, les rues mal éclairées grouillaient encore d'une foule bigarrée où l'on croisait marchands, colporteurs, artisans, pèlerins, soldats et nobles personnages, mais aussi filles publiques et princes du ruisseau, garces et malfrats, tous attirés par la grande foire de septembre et la munificence de la cour du comte Henri le Large.

Les clients se bousculaient à l'entrée des tavernes, des étuves et des maisons lupanardes où vin et cervoise coulaient à flot.

Le convoi arriva non sans mal au poste de la rue des Bordes pour faire provision de foin et de bois. Caballe échangea quelques mots avec les soldats, puis ils repartirent.

Tout à la découverte de cette ville encombrée qu'ils ne connaissaient point, les membres de l'escorte ne s'aperçurent pas du manège d'un homme qui semblait les attendre, assis dans l'ombre d'un porche. À leur approche, il se leva.

Se glissant dans une venelle, il scruta avec attention les visages basanés des cavaliers et leurs harnois, avant de les suivre à bonne distance jusqu'aux prés Faussart.

Le garde conduisit le convoi vers les « tiroirs », comme on appelait ces prés où les drapiers faisaient sécher leurs étoffes. Là étaient regroupés, au milieu de centaines de charrois, de voitures à bras, de charrettes, les marchands qui n'avaient point encore d'hôtellerie.

Un peu partout, dans ces prairies, brillaient des lanternes et s'allumaient des feux.

Les éclats de voix des ivrognes, le son aigre d'un flûtiau, les rires stridents des femmes donnaient à l'endroit des allures de mauvais lieux.

Les chariots formèrent le cercle, sauf deux

d'entre eux que le jeune Tancrède fit installer au milieu.

Le chevalier confia son destrier à un valet et se tourna vers le vieil homme qu'il aida à descendre de son palefroi. Un serviteur s'approcha aussitôt avec un faudesteuil qu'il déplia.

– Nous sommes enfin arrivés, signor Alfano. Je vais de suite faire dresser votre tente et vous ferai servir votre repas, si cela vous convient. Si vous m'en donnez permission, je mangerai avec mes hommes. Je préfère les tenir à l'œil pour qu'ils ne s'éparpillent pas dans cette ville qui ne me revient guère.

– Bien, Tancrède, fit le vieux seigneur en s'asseyant. Bien, fais comme tu l'entends. Demande qu'on m'apporte mon écritoire, veux-tu ? J'ai à travailler avant notre entrevue de demain avec le comte Henri.

Il posa un regard pensif sur le chevalier. Tancrède avait retiré son casque, et ses longs cheveux d'or pâle flottaient autour de son visage aux yeux sombres, pleins de fierté.

Un long moment, le vieillard le contempla, puis il murmura :

– Songe, Tancrède, à tout ce chemin parcouru et à l'importance de notre mission.

– Oui, messire.

– Grâce à toi, tout s'est bien passé jusqu'ici, et nous touchons au but. Je savais que mon choix était bon. « Bon chien chasse de race », comme disent les Francs. Ton père était un guerrier de valeur, et tu tiens de lui bien plus que sa lame.

Peu habitué à recevoir de tels éloges, le chevalier, gêné, ne répondit pas. Comme s'il n'avait rien remarqué, le vieil homme ajouta :

– Prends bien soin de nos hôtes, Tancrède.

C'était un congé. Le chevalier s'inclina et s'en fut donner des instructions à ses soldats, allant et venant d'un chariot à l'autre et postant des hommes de garde.

Sous ses ordres, le campement s'organisait rapidement. Après les avoir pansées, les valets menèrent les montures au ruisseau tandis que les soldats construisaient un enclos empli de fourrage pour les parquer.

Au centre du camp brûlait un grand feu autour duquel s'affairait le cuistot, un colosse à demi nu, à la trogne enluminée. Ce soir, comme tous les autres soirs, il avait décidé de faire un ragoût de mouton salé.

Tout en invectivant le gamin qui l'aidait, le géant attrapait les carcasses comme s'il s'agissait de vulgaires conils, les tranchait à coups de hache, embrochait les morceaux sur une pique pour les rôtir avant de les jeter dans les marmites.

De temps à autre, il enfonçait une louche dans la mixture et, essuyant ses larges paluches sur son tablier de cuir, ajoutait en maugréant du vin, de l'ail ou des épices.

Quand, enfin, le ragoût lui chanta l'air qu'il attendait, le géant jeta dedans des morceaux de pain. C'était prêt, et son aide emboucha une corne pour en avertir la troupe.

Sans plus se soucier de quoi que ce soit, le cuistot plongea son écuelle dans l'une des marmites et alla s'asseoir à l'écart pour manger, mastiquant avec application chaque morceau, tout en lançant alentour des regards peu amènes.

L'homme n'était point caressant, mais personne, pas même Tancrède, ne se serait avisé de lui faire remontrance. Il était le seul à savoir cuisiner le même plat pendant quatre mois en lui donnant des goûts différents…

La vaste tente aux couleurs du seigneur Alfano avait été dressée non loin de là. Les serviteurs y avaient disposé d'épais tapis, un lit de camp ainsi qu'une petite table de travail et un faudesteuil.

Dans un angle, on avait suspendu des tentures pour isoler une chambre indépendante.

Tancrède y installa lui-même deux nattes de jonc, des fourrures, une table basse, des coussins et un lourd coffre de voyage orné d'étranges caractères d'ivoire et d'or.

Un soldat apporta un petit brasero à roulettes sur lequel chanta bientôt une marmite de bronze emplie d'eau.

Après avoir jeté un dernier regard autour de lui, Tancrède sortit de la tente et se dirigea vers les chariots qu'il avait fait placer au centre du camp.

Il ôta la traverse de bois qui fermait l'arrière de l'un d'eux et dénoua les cordes qui maintenaient la bâche hermétiquement close.

– Vous pouvez venir, appela-t-il en écartant la toile, votre logis est prêt.

Il entendit un bruissement d'étoffes, puis deux fragiles silhouettes enveloppées de mantels émergèrent du chariot.

– Cela vous convient-il ? demanda Tancrède en s'effaçant pour les laisser entrer dans la tente.

Soulevant les capuches qui dissimulaient leurs visages, le vieillard et la jeune fille ne dirent mot mais se courbèrent très bas, en guise de remerciement.

Ainsi qu'elle le faisait à chaque halte, la jeune fille ôta son mantel et le plia avec celui de son compagnon, puis elle se redressa et lissa sa longue tunique brodée avant d'aller et venir à pas menus, sur ses petits socques de bois. Le jeune chevalier ne la quittait pas des yeux. Certains, dans le convoi, disaient qu'elle était la concubine du vieillard.

Quel âge avait-elle ? Quinze ans ? Cent ans ? Elle était aussi petite et frêle qu'une enfant, aussi différente des femmes qu'il avait connues que le jour l'est de la nuit, avec son teint d'ivoire, ses mains aux ongles peints qui ressemblaient à des serres d'oiseaux et sa chevelure noire et lisse, remontée sur sa nuque en un lourd chignon piqué de perles et de longues épingles d'écaille.

Elle aida le vieil homme à s'asseoir sur les coussins puis se dirigea vers le grand coffre ouvragé dont elle souleva le couvercle.

Elle en tira deux petits socles de bois et deux bols qu'elle disposa sur la table avant d'y verser une épaisse poudre noire. Ses yeux frangés de cils sombres s'attardèrent un bref instant sur le jeune chevalier, mais c'était comme si elle ne le voyait pas.

Et cela troubla Tancrède qui se sentait, comme toujours, mal à l'aise devant ces gens furtifs et silencieux.

– Je vais vous faire porter les cuveaux d'eau chaude pour vos bains, ma dame.

La jeune fille s'inclina à nouveau sans dire mot.

Instinctivement, Tancrède ajouta :

– Ce long et éprouvant voyage est terminé, ma dame. Vous pourrez vous reposer ici des fatigues de la route.

– Merci à toi, Tancrède, fit derrière lui la voix rude d'Alfano. Maintenant laisse-les en paix, veux-tu ? Ils n'en demandent point davantage.

– À vos ordres, messire, fit le jeune homme en saluant d'un bref signe de tête et en sortant de la tente à grandes enjambées.

3

Sur les prés Faussart, les conducteurs des chariots s'étaient joints aux soldats pour boire et se restaurer. À force de voyager ensemble, ces hommes venus d'horizons si différents en étaient arrivés à pouvoir s'expliquer assez facilement dans un dialecte ou un autre.

Les marchands et les commis qui faisaient partie du convoi dînaient un peu à l'écart. Certains s'allèrent coucher promptement car dès le lendemain, et tout au long de la foire de Provins, le sommeil leur serait compté. Mais les plus jeunes et les plus forts en gueule, dont Caballe faisait partie, décidèrent de retourner en ville pour s'enquérir de quelques filles de joie et vider des pichets.

Tancrède mangeait debout, allant d'un groupe à l'autre, écoutant les propos de ses hommes, discutant avec les marchands.

Comme il était déjà tard, il fit sa première ronde et assista à la relève des soldats de garde qui disparurent dans la nuit, tandis que d'autres hommes prenaient leur place en traînant les pieds. Il alla ensuite s'asseoir près du feu, non loin de la tente du seigneur Alfano.

Tout en graissant ses armes, il mesurait à quel point il se trouvait loin de son pays. Tout ici était si différent de sa Sicile natale : la fraîcheur de cette nuit de septembre, l'herbe épaisse des prairies, le ciel brumeux et ce petit vent du nord chargé d'odeurs qu'il ne connaissait pas.

Il leva les yeux. Sur la falaise brillaient les feux de la haute ville et du château comtal.

Au loin résonnèrent les appels des guetteurs et le signal du couvre-feu. Des soldats vinrent jeter de la cendre sur les flammes pour que le feu couve jusqu'au petit matin.

— Tout de même, murmura Tancrède en s'accotant à la roue d'un chariot, c'est une drôle d'aventure que la nôtre. Et ces deux, qui ont risqué cent fois leurs vies et qui sont venus de si loin. Ils ont vu tant de pays et de mers que je ne verrai jamais…

Brusquement, la fatigue prit le dessus, la tête du jeune homme roula sur le côté, et il s'endormit.

4

Tancrède se réveilla en sursaut et regarda autour de lui, avec un sentiment aigu de danger.

Pourtant, tout était calme devant la tente d'Alfano, et, à l'entrée du camp, les sentinelles allaient et venaient, éclairées par la lune qui était pleine.

Le Sicilien eut un frisson. Quelque chose n'allait pas, mais quoi ? Il attrapa son épée et, en quelques foulées, rejoignit les chariots installés derrière la tente d'Alfano.

La première chose qu'il vit fut l'une des sentinelles, étalée de tout son long, le nez dans l'herbe. L'autre garde qu'il avait posté là avait disparu.

Tancrède jura entre ses dents. Il se pencha sur le corps étendu, le retourna ; l'homme était mort.

Le jeune chevalier se redressa aussitôt et emboucha son cor pour donner l'alerte.

Quelques instants plus tard, le camp était en ébullition, deux soldats étaient lancés à la recherche de leur compagnon disparu, le seigneur Alfano était prévenu et les chariots fouillés un à un.

De son côté, Tancrède s'était saisi d'une torche

et avait soulevé la bâche d'un chariot, où seuls lui et Alfano étaient autorisés à pénétrer.

Il se glissa à l'intérieur, l'endroit était si encombré qu'on n'y voyait guère. Il promena la lueur de sa torche sur une multitude de caisses scellées, de rouleaux de tissus et, tout au fond, derrière un paravent laqué, sur de petits coffres aux couvercles percés de minuscules trous d'aération.

Levant son flambeau, il éclaira le premier de ces coffres et essaya de l'ouvrir, mais la serrure était bien fermée et il en était de même pour les autres.

Apparemment, rien ne manquait. Qu'avait-on bien pu dérober qui vaille la vie d'un homme ?

Sa visite au second chariot donna le même résultat ; rien, là non plus, ne semblait avoir disparu.

Quand il redescendit, la voix rauque du seigneur Alfano l'interpella :

– Que se passe-t-il, Tancrède ?

Les traits du vieil homme étaient crispés.

– Un de nos hommes est mort, un autre s'est envolé, mais, dans les chariots, rien n'a disparu. Peut-être s'agit-il d'une querelle qui aurait mal tourné entre ces deux-là ; à moins qu'un voleur n'ait été dérangé dans son ouvrage. Mais alors, pourquoi le deuxième garde n'est-il plus là ? Si vous m'en donnez la permission, je recommencerai la fouille au lever du jour en compagnie de nos hôtes.

Le vieil homme ne répondit point, il semblait réfléchir.

Tancrède reprit :

– Pardonnez-moi, messire, je ne devrais vous poser cette question, mais nos hôtes sont bien dans leur chambre, n'est-ce pas ?

– Oui, Tancrède. Dès qu'on m'a prévenu, je me suis glissé chez eux. Ils ont l'air de dormir profondément et de n'avoir pas même entendu l'alarme… Mais au fait, de quoi le garde est-il mort ?

– Je n'ai vu aucune trace de blessure. Il faudra que nous l'examinions plus attentivement dès qu'il fera jour.

Alfano hocha la tête.

– Et celui qui a disparu… ? Tu as sans doute raison au bout du compte, c'est peut-être lui le coupable. C'est, en tout cas, ce que je souhaite, ajouta le vieil homme, parce qu'autrement…

– Autrement ? demanda le chevalier.

– Autrement, il s'agirait d'un avertissement, et ce que nous avons réussi à éviter jusqu'ici pourrait fort bien arriver maintenant.

– Je vais faire doubler la garde autour des chariots et de votre tente, messire, fit Tancrède qui avait repris son calme. Et je veillerai moi-même.

– Plus que quelques heures et, demain, nous serons installés dans la foire logée et nos hôtes avec nous dans une maison de la ville basse, dit le vieillard d'un ton rassurant. Et surtout n'oublie pas, Tancrède, que nous sommes sous la protection du comte Henri le Large et que c'est à lui que nous demanderons justice, si la même main se retrouvait dans un nouveau crime.

5

Au soir de cette même journée, seigneurs et nobles dames s'étaient rendus sur le champ clos, au pied de l'enceinte du château comtal.

Des chevalets de bois occupaient le bout du terrain, et des serviteurs y avaient placé de grandes cibles de paille.

Le comte Henri le Large, revêtu d'un bliaud écarlate doublé de vair, s'était assis sur un faudesteuil, rejetant d'un geste, sur ses puissantes épaules, les plis de sa longue cape orfraisée.

Ses abondants cheveux noirs bouclés encadraient un visage aux traits volontaires. De toute sa personne émanait une telle détermination et une telle énergie contenue qu'on ne remarquait que lui, malgré son jeune âge ; il n'avait alors que 27 ans.

Derrière lui se placèrent ses féaux.

À l'appel d'un cor, vingt archers, tous revêtus de la livrée du comte de Champagne, entrèrent dans l'enclos et se rangèrent en ligne.

Le comte leva la main et, comme si son geste avait fait lever le vent, les traits partirent en sifflant vers les cibles placées à une quinzaine de toises de là.

Pas une flèche ne dévia de son but. Le jeune comte se tourna alors vers le chevalier qui se tenait debout à sa droite.

Galeran de Lesneven avait regardé la scène en silence. La simplicité de son harnois tranchait sur l'opulence des barons. Son bliaud pourpre laissait voir, par les fentes de côté, sa broigne aux fins deniers de métal, et il ne portait à la ceinture, dans un simple baudrier en peau de cerf, que son épée d'estoc.

– Qu'en pensez-vous, mon ami ? fit le Large.

– C'est un beau tir, et je n'en attendais pas moins d'une compagnie formée par vos soins, messire comte. Mais je me doute que ce n'est pas pour nous montrer cela que vous nous avez entraînés ici.

Après avoir salué leur seigneur et la noble assistance, les archers avaient quitté l'enceinte.

Derrière les deux hommes, les barons échangeaient force plaisanteries gaillardes à propos de flèches et d'arcs bandés d'un autre genre qui avaient pour cible le pertuis des dames.

Le jeune comte se pencha en souriant et flatta de la main son épagneul favori.

– J'ai souvenance, Galeran, de vos exploits d'archer, et je voulais vous présenter l'un de mes invités.

Le chevalier hocha la tête et ne répondit point, il fixait un homme qui s'était arrêté devant eux et s'inclinait avec respect devant le comte.

C'était une sorte de géant, tout en muscles, vêtu d'une courte tunique, la tête protégée par une aumusse de peau.

Comme la plupart des archers, il portait un épais gant de cuir à la main droite, et son avant-bras gauche était recouvert d'une fine plaque de fer mais c'est surtout l'arme qu'il tenait qui étonna le chevalier, car il n'en avait jamais vue de pareille.

C'était un arc en bois blond, long de près d'une toise.

– C'est grâce à l'un des bardes du prince gallois Owain Gwinned que j'ai appris l'existence de cette arme, reprit le comte en rendant son salut à l'archer. Je crois d'ailleurs que vous aussi, Galeran, avez rencontré ce barde à la cour d'Aliénor, il s'agit de Cynddelw.

– Vous êtes bien renseigné, messire comte, fit Galeran en s'inclinant. Cynddelw est ici ?

– Non, hélas, il est reparti vers son maître, mais grâce à lui, cet homme est mon invité. Il ne parle que le gallois mais entend assez notre langue.

» Galeran, je vous présente Cellan de Lleyn, le meilleur archer du prince Gwinned. Aucun des miens n'a réussi à bander son arc.

– En quoi est-il fait ? demanda le chevalier qui examinait l'arme que le Gallois lui avait spontanément tendue.

– C'est une variété d'orme sauvage. Tous les hommes de Gwinned sont équipés de ces *Long Bow*, comme les appellent les Anglais. Vous allez voir de quoi Cellan est capable.

Sur un signe du comte, tous s'écartèrent. Les valets avaient remporté les cibles de paille et revenaient avec six épais rondins hauts de deux toises.

– C'est Cellan qui a demandé ces troncs, il en veut un pour chacune de ses flèches.

Le géant alla examiner les rondins et les fit placer en ligne cinq toises plus loin que n'étaient les chevalets, puis il revint vers le comte et hocha la tête d'un air satisfait.

Comme le jour baissait, Henri le Large fit placer des valets avec des torches de part et d'autre du champ clos. Les conversations cessèrent, tous attendaient l'exploit du Gallois.

Cellan respirait lentement, il ajusta son gant puis la plaque de métal qui ornait son bras avant de bander l'arc vers le sol. Enfin, il leva son arme vers la cible.

La première flèche partit en sifflant, puis à toute vitesse, l'homme encocha les flèches suivantes.

Des exclamations fusèrent parmi les seigneurs. Tous, à la suite du comte et de Galeran, coururent vers les cibles.

Chacun des troncs avait été traversé de part en part par les traits du Gallois.

– L'homme est habile, et cet arc doit au moins tirer cent soixante livres, fit le chevalier. Je comprends qu'aucun de vos hommes n'arrive à le bander.

– D'après notre ami Cynddelw, cet archer a, un jour, cloué un homme sur son cheval, en lui transperçant les deux cuisses !

Un fin sourire glissa sur les lèvres du chevalier.

– Vous songeriez donc, messire comte, à changer votre armement ?

– Vous avez deviné juste, mon ami. Que peuvent nos arcs ou nos broignes contre de tels arcs, capables de transpercer le tronc d'un chêne à vingt toises ?

– Je ne crois pas que l'arme soit l'essentiel, répliqua le chevalier.

– Que voulez-vous dire ?

– Faites-moi porter un arc, messire comte.

– Maintenant ? Mais il fait presque nuit, chevalier.

– Je vous demanderai aussi de faire éteindre les torches, messire. Je n'en ai pas besoin, dit Galeran sans se démonter.

– Vous allez tirer dans l'obscurité ?

Le chevalier ne répondit pas et s'alla placer au même endroit que le géant.

Un écuyer lui apporta l'arc du comte. C'était une arme de petite taille faite d'une âme de bois très souple et de nerfs collés. Les flèches étaient de frêne, munies d'un empennage de plumes de cygne.

Les valets emportèrent les torches, et seule la lune éclaira le pré.

Impressionnés par cet étrange défi, seigneurs et écuyers demeuraient silencieux, écarquillant les yeux pour mieux voir la silhouette sombre du chevalier, debout à quelques pas devant eux.

Le chevalier tendit la corde à plusieurs reprises et la laissa aller, prêtant l'oreille aux vibrations de l'arme, tantôt aiguës, tantôt sourdes.

Enfin, il disposa une flèche, banda l'arc au maximum et tira.

Son geste, où aucun effort n'était apparent, était d'une grande beauté.

Et le chevalier tira six fois puis abaissa son arc.

Des valets accoururent avec des torches, et le comte s'approcha de la première cible. La lueur vacillante éclaira la flèche du chevalier.

Elle avait détruit l'encoche de celle du Gallois et fait éclater son bois sur toute la longueur !

Le comte alla aux autres cibles et constata le même phénomène. Atterré, il revint vers le chevalier qu'il salua.

– Par ma foi, je vous savais bon archer, mais là, je n'avais jamais rien vu de tel, surtout à la nuit tombée.

– C'est un grand déni des dons que Dieu nous a accordés de croire que la force, le nombre et la puissance vont de pair, messire comte. Seul compte l'esprit, c'est lui qui porte le trait vers sa cible.

Encore tendu par l'effort de concentration qu'il venait de fournir, Galeran reçut l'accolade de l'archer gallois, qui se retira sous les applaudissements.

Déjà, la noble assemblée s'égaillait dans le pré. De loin en loin, des valets avaient allumé des feux éclairant l'enclos. À côté d'un bosquet, trois musiciens s'étaient mis à jouer un air entraînant qui invitait au plaisir de la danse.

Le regard du chevalier s'arrêta sur une tignasse ébouriffée. C'était celle de son écuyer Simon. Encore tout fier de la performance de son maître, le jeune efflanqué disputait, pour l'heure, une passionnante partie de palets.

Galeran l'appela et, aussitôt, le garçon laissa là ses compagnons de jeux et le rejoignit en courant.

– Ne vous retirez point encore, chevalier ! s'écria le comte en saisissant Galeran par le bras, venez au châtel ! Il se fait tard et nous avons à parler.

6

Le comte avait entraîné Galeran et son fidèle Simon jusqu'à la salle d'armes du château. Un bon feu y brûlait, dont les flammes éclairaient les panoplies et les étendards accrochés aux murs.

Depuis leur retour du champ clos, les deux hommes n'avaient plus échangé un mot, non parce qu'ils étaient en froid mais, au contraire, parce que ces deux-là n'avaient nul besoin de paroles pour se comprendre. Le jeune comte s'était assis, ses épagneuls à ses pieds, et Galeran, debout devant l'immense cheminée, contemplait le tronc d'arbre qui s'y consumait.

Henri le Large se souvenait de sa première rencontre avec Galeran, dix ans auparavant. Ce n'était ni son harnois ni la puissance de son destrier qui avaient impressionné le futur comte, mais l'allure sobre du chevalier et son visage lisse au regard dépourvu de complaisance. Il avait la beauté de ceux qui ne sont pas totalement de ce monde.

Sentant qu'Henri l'observait, Galeran lui demanda sans quitter les flammes des yeux :

– À quoi songez-vous, si je puis me permettre, messire comte ?

– À notre première rencontre à Blois, Galeran, et à l'estime que vous portait mon père, le comte Thibaud.

Le chevalier se retourna, son regard clair croisant celui du comte.

– J'étais bien jeune et je ne sais si je la méritais,

messire, mais votre père, quant à lui, portait fort bien cette épithète de « Grand » que tous lui ont donnée.

– Pourquoi n'êtes-vous pas venu en Orient avec moi ? demanda le comte à brûle-pourpoint. Même si cette aventure a mal tourné, j'aurais aimé vous avoir comme frère d'armes, chevalier.

La cicatrice qui barrait le front de Galeran se creusa davantage.

– Ma place n'était point là et, après notre rencontre au Puy-en-Velay, en ce mois de mars 1146, j'ai eu fort à faire, souvenez-vous-en [1].

– Oui, je me souviens des horribles meurtres qui ont ensanglanté le saint pèlerinage, mais parlons plutôt du présent, Galeran. J'aimerais avoir votre avis sur ce qui se passe au royaume de France. Avouez qu'il y a quelques années, personne n'aurait pensé qu'Aliénor épouserait ce jeune Henri Plantagenêt, un prince de 20 ans, et sans même se soucier de l'aveu de son seigneur, le roi Louis.

– Accord qu'elle n'aurait jamais eu, et vous le savez bien, repartit Galeran. Avec ce nouveau mariage, il est vrai que Louis VII ne peut plus s'appuyer sur les maisons d'Anjou et de Blois comme il le faisait auparavant, et son pouvoir s'en trouve considérablement affaibli.

La mine songeuse, le chevalier ajouta :

– Mais vous vous êtes rangé aux côtés de Louis, messire comte, plutôt qu'à ceux du Plantagenêt.

---

1. Voir *Blanc Chemin*.

33

– Louis reste mon suzerain et le roi pour lequel je me suis lancé sous les flèches des Turcs au passage du Méandre avec mon ami Anseau. Et de toute façon, le Plantagenêt est encore dans une position délicate. Croyez-vous qu'il fera allégeance au roi Louis ?

– Ce n'est point mon avis, fit Galeran. La maligne Aliénor n'aurait point choisi un époux qui plie si aisément. Malgré ou à cause de sa jeunesse, Henri est un rude guerrier, nous l'avons vu à la façon dont il a reconquis la Normandie qu'essayaient de lui ravir son frère Geoffroy et le roi Louis. Quant à sa situation en Angleterre, elle n'est plus aussi délicate depuis que le roi Étienne l'a reconnu comme son héritier. En plus, il paraîtrait qu'Étienne est bien malade. Alors, d'ici peu, l'abbaye royale de Westminster verra, sans doute, le couronnement d'Henri et d'Aliénor.

– Malheureusement, si l'avenir, comme je le pense, vous donne raison, cela risque de provoquer bien des changements, y compris ici, dans mon comté de Champagne.

– C'est vrai, mais je ne crois pas que ce seront des changements défavorables à votre royaume, messire comte.

– Expliquez-vous, Galeran.

– Vous êtes trop fin politique, messire, pour avoir besoin de mes lumières. Votre comté et celui de votre frère, Thibaud de Blois, sont les marches qui séparent le royaume de France des Anglais et de l'empire germanique. Le roi ne peut se passer d'hommes tels que vous à ses côtés. D'autant que,

sans parler du jeune Plantagenêt, l'empire germanique a, lui aussi, trouvé avec Frédéric Barberousse un maître moins placide que Conrad III.

– Vous avez raison, Galeran. Je pense, et ne suis
point seul à le penser, que plus que jamais, la
Champagne aura son rôle à jouer.

Le chevalier poursuivit :

– Je voulais également vous offrir mes vœux de
prospérité, messire comte, car j'ai appris que le roi
Louis vous avait accordé la main de sa fille aînée,
Marie de France.

Un large sourire éclaira le visage du jeune seigneur.

– J'accepte vos vœux, mon ami, mais la prospérité n'est pas pour tout de suite, ma promise n'a
encore que 8 ans, vous le savez.

– Vous vous retrouvez ainsi lié à Louis VII,
mais aussi à la mère de la jeune Marie, Aliénor
elle-même.

– Et cela me va fort bien, rétorqua finement
Henri. Je souhaite que ma femme allie les vertus
de l'un et le sens politique de l'autre.

– Que Dieu vous entende, messire comte.

Chacun se tut, s'abandonnant à ses pensées.
Enfin, le Large reprit brusquement :

– J'aimerais avoir votre avis sur la conduite de
mes foires, chevalier.

– Aux dires de tous, elles sont renommées, et ici
se croisent maintenant le commerce du nord et
celui du sud. Je pense, de surcroît, que le fait que
vous deveniez une frontière ne peut qu'accroître
leur importance.

– Je le pense aussi. Parfois les marchandises arrivent de si loin qu'il me faut consulter mes tablettes pour savoir de quelle partie du monde elles viennent. Hambourg, Cracovie, Prague, Chypre, Égypte, Byzance, autant de noms qui montrent à tous que mon père avait raison. Car tout le mérite de ceci revient au comte Thibaud ; il avait compris, bien avant quiconque, que la Champagne est un *quadrifurcus,* toutes les routes s'y croisent. Il savait aussi qu'il lui faudrait protéger les marchands, par la loi et par les armes, si nécessaire.

– D'où ces fameux « conduits de foire », ces parchemins qui garantissent la sauvegarde des hommes et des marchandises sur vos terres et sur celles de vos féaux.

– Et bientôt, sur davantage que mon territoire, si le roi Louis le veut bien.

Le comte se tut comme s'il avait trop parlé. Une expression étonnée passa sur le visage du chevalier qui demanda :

– Vous voudriez que le roi étende sa protection aux marchands ?

– On ne peut décidément rien vous cacher, mon ami. Je voudrais que le roi lui-même, par le Verbe royal, s'engage à protéger les marchands, cela serait grand bénéfice pour le royaume.

– La « paix de Dieu » et celle du roi protègent les églises, les paysans et les pauvres gens, cela serait bien étrange d'y adjoindre ceux qui font trafic de deniers.

– Le roi doit aussi protection à ceux qui font sa richesse ! dit le comte en souriant.

Le chevalier hocha la tête mais ne répondit point, et le jeune comte sentit qu'il était d'un avis différent. Un bref silence s'installa entre eux.

– Permettez-moi de me retirer, messire comte, dit Galeran, il est bien tard et j'ai abusé de votre hospitalité. Voyez mon écuyer, il est temps que nous rentrions au prieuré.

Un faible ronflement s'élevait du banc où le jeune Simon s'était endormi, assis bien droit, la tête inclinée sur la poitrine.

– Je ne comprends pas, fit Henri, que vous préfériez séjourner à l'hostellerie de Saint-Ayoul plutôt qu'ici, en ma demeure. Je ne vous ai point fait venir de l'abbaye de Clairvaux pour que vous demeuriez chez les moines !

– Votre hospitalité est belle et bonne, messire, et vous m'en voyez honoré, mais l'austérité du prieuré convient mieux au simple chevalier que je suis, d'autant que mon but en venant ici, en Champagne, était avant tout de me recueillir près de la tombe de Bernard de Clairvaux, fit Galeran en secouant son écuyer qui se réveilla en sursaut et bâilla à s'en décrocher la mâchoire.

Le comte sourit. Il avait des dents pointues et très blanches, des « dents de loup », disaient ses ennemis.

– Savez-vous que j'en ai fait emprisonner plus d'un pour des refus moins graves que celui-là ?

Le chevalier partit d'un bon rire.

– Ça oui, je le sais, mais je sais aussi que vous me trouvez plus utile à vos côtés que dans vos oubliettes.

– Par ma barbe, vous avez raison, Galeran. Quand la cour et ses intrigues me pèsent, j'envie parfois la liberté que vous avez su garder.

Galeran ne répondit rien, il se contenta de saluer courtoisement le comte avant de quitter la grande salle, suivi par son écuyer.

Un intendant et deux hommes d'armes les raccompagnèrent du châtel jusqu'à la poterne de la côte du Murot, qu'ils ouvrirent pour les laisser passer. L'intendant leur donna une torche et leur souhaita poliment la bonne nuit.

La soirée était fraîche, et les deux hommes serrèrent les pans de leurs capes autour d'eux avant de s'éloigner de l'enceinte.

Le chevalier ne disait mot et, perdu dans ses pensées, marchait à longues enjambées en direction de la basse ville. Encore ensommeillé, son petit écuyer courait derrière lui.

– Hé ! Messire chevalier, attendez-moi, attendez-moi !

Galeran se retourna, posant un regard qu'il voulait sévère sur la maigre silhouette du jeune garçon.

– Je t'attends, Simon, mais hâte-toi, nous n'avons plus guère de temps à profiter de notre paillasse.

– Messire, si je puis me permettre, vous marchez bien vite et vous m'avez l'air bien sombre.

– Tu as raison, jeta brièvement le chevalier en faisant demi-tour.

– Si je puis me permettre, fit encore le gamin en allongeant le pas, il a point l'air facile votre comte, messire, il aime point qu'on lui manque, et j'ai bien cru que nous allions finir tous deux la soirée dans un cul-de-basse-fosse.

– Non, Simon, pas encore cette fois-ci.

À ces mots, le jeune écuyer jeta un regard inquiet vers son maître dont le visage moqueur ne le rassura guère.

7

Ils étaient presque arrivés à l'hôtellerie du prieuré dans la basse ville quand le chevalier, qui marchait devant Simon, lui fit signe de s'arrêter.

– Silence, petit !

Le jeune garçon s'immobilisa net, tendant lui aussi l'oreille. Ce qui avait attiré l'attention de Galeran était un bruit étouffé, comme les coups répétés d'un heurtoir enveloppé d'un linge.

Pourtant, ils ne voyaient devant eux, sous la clarté lunaire, qu'un entrelacs de ruelles vides, de portes closes, de murs aveugles. Il n'y avait personne, et la ville semblait profondément endormie.

– Qu'est-ce que c'est ? murmura le gamin en se rapprochant insensiblement de son maître. À c't'heure, les honnêtes gens sont couchés, pas vrai, messire ?

– Pas tous, Simon, pas tous, fit Galeran à voix basse, puisque nous sommes là, tous deux. Ce n'est peut-être qu'un animal, après tout.

– Quelle sorte d'animal, messire, un blaireau ?

Le chevalier ne répondit pas. L'écuyer avala sa salive avec difficulté, ce bruit rythmé comme celui d'un battement de cœur était effrayant.

– Par là. On dirait que cela vient de cette maison près du mur du prieuré.

La lueur du flambeau se refléta dans une mare boueuse, puis éclaira une pauvre façade de torchis et un seuil couvert d'herbes folles.

– Donne-moi la torche et attends-moi là, fit le chevalier.

Poussant du pied une porte pourrie, il se glissa à l'intérieur du taudis par l'ouverture béante.

Le halo de la torche disparut et le jeune garçon demeura seul dans l'obscurité.

– Pour sûr, que j'vas attendre, murmura-t-il comme pour lui-même. Et s'il pouvait faire vite, ça serait mieux.

Simon songea que l'endroit ressemblait à s'y méprendre à ces coupe-gorge de Paris que lui avait souvent décrits le chevalier, ces sombres ruelles où il fallait beaucoup de chance et de ruse pour demeurer en vie et échapper aux malfrats et autres pourfendeurs de boyaux.

Et avec ça, ces nuages qui voilaient la lune par instants, étirant autour de lui des ombres grotesques, des ombres qui rampaient sans bruit sur le sol humide. Le jeune gars posa une main tremblante sur le manche de son coutel.

8

Une puissante odeur de latrines avait pris le chevalier à la gorge. Manifestement, la baraque en ruines servait de dépotoir et de lieu d'aisance aux passants.

À son entrée, le bruit obsédant ne s'était pas arrêté. La torche levée, il s'avança, prêt à toutes les surprises. Et tout à coup, il les aperçut.

Derrière une poutre effondrée, il y avait une fillette en guenilles étendue sur le sol et une autre, à cheval sur son ventre, qui lui cognait la tête contre un tas de caillasses avec une effroyable régularité.

– Simon, à moi, vite ! cria le chevalier.

En hâte, il planta la torche dans les gravats et arracha la fillette de dessus sa victime.

Elle se laissa faire, comme si elle ne voyait ni ne sentait rien.

– Attrape-moi cette fille, Simon ! Attache-lui les mains avec ta ceinture !

– Mais c'est qu'elle pue, messire ! fit le gamin avec un mouvement de recul.

Le chevalier le foudroya du regard, et Simon s'approcha de la petite, barbouillée de sang et d'excréments. Elle grelottait et ricanait comme une insensée mais ne fit pas mine de se défendre quand il se saisit de ses poignets et les entrava.

De son côté, le chevalier s'était agenouillé près de l'autre enfant qui demeurait immobile, étendue sur le sol. Il lui prit doucement la tête entre les mains.

Du sang et de la matière cérébrale souillaient le petit visage livide. Des caillots s'étaient formés, comme de grosses larmes noires, autour de ses yeux au regard fixe.

– Elle est morte, fit le chevalier. Nous allons les emmener toutes deux au prieuré. Je vais porter celle-là.

Galeran retira sa cape et en enveloppa le petit corps disloqué qu'il attira contre lui avant de se relever.

Le jeune gars ne dit mot, mais son regard se posait avec inquiétude sur la fillette qu'il gardait prisonnière.

Elle se tenait toute droite, les traits de son visage à demi cachés par sa longue chevelure. Ses petits poings serrés, elle grinçait des dents.

– Mon Dieu, messire ! Vous pensez que c'est elle qui a estourbi l'autre en la cognant sur les pierres ? fit Simon.

Le chevalier hocha la tête et ne répondit point.

– Enfin, insista l'écuyer, elle a l'air assez douce comme ça, mais vous avez vu comme elle y allait et le bruit que ça faisait ! Y'avait de quoi trépasser de se faire taper le crâne sur les caillasses, et depuis combien de temps elle cognait ?

– Calme-toi, petit, répliqua le chevalier. J'ai surtout vu une enfant qui n'était plus elle-même. Enveloppe-là dans ton mantel, elle grelotte. Et fais attention qu'elle ne te fausse pas compagnie.

9

Le vieux frère portier s'était assoupi dans sa loge, et ce furent les coups frappés par le chevalier sur l'huis de chêne qui le réveillèrent en sursaut.

Il se leva avec difficulté de son banc et entrouvrit le guichet en articulant d'une voix endormie :

– Qui va là ?

– C'est moi, Galeran de Lesneven, ouvrez-nous, frère Thomas.

Le vieux religieux retira la barre et laissa passer les arrivants et leur fardeau.

– Mon Dieu, mon Dieu ! Chevalier, que se passe-t-il ? Qu'est-ce que vous nous apportez là…

– Conduisez-nous à l'infirmerie, mon frère, fit le chevalier d'un ton sans réplique.

Le vieux moine obéit et passa devant eux pour les guider par les couloirs étroits du prieuré.

– Oui, oui. Venez, c'est par ici. Mais il n'y a personne, notre frère infirmier est à l'hôtel-Dieu jusqu'à demain matin.

Frère Thomas ouvrit une porte et les fit entrer dans une petite pièce aux murs passés à la chaux.

Galeran jeta un bref coup d'œil autour de lui. Il n'y avait là, en tout et pour tout, que deux lits de sangles, un tabouret, une table, un coffre et un brasero à demi éteint.

– Je saurai me débrouiller, mon frère. Ne vous inquiétez, fit Galeran en déposant le petit cadavre sur la table.

– Mais elle est… fit le vieux portier en montrant le visage livide de l'enfant.

– Oui, mon frère, elle est morte. Il vous faudra prévenir le prieur Bernard. Quant à l'autre, elle a besoin de soins. Simon, allonge-la sur ce lit, veux-tu ? Ranime le feu et mets de l'eau à chauffer pour que nous puissions laver ces deux malheureuses. Ensuite, tu iras quérir des chainses propres dans ton balluchon.

Puis, se tournant de nouveau vers le portier :

– Où le frère infirmier range-t-il ses médications, frère Thomas ?

– Dans ce coffre, fit le vieil homme en désignant la robuste maie, munie d'une serrure. Fort heureusement, tout comme le père prieur, j'ai un double de la clé. Tenez, chevalier, je vous la donne. Il faut que j'aille prévenir notre père et que je retourne à la poterne.

– Merci, mon frère, nous nous arrangerons bien, fit le chevalier tout en déchiffrant les inscriptions latines à l'intérieur du coffre, avant de sortir une bouteille de vin cuit et une petite fiole emplie de poudre blanche.

– Quel âge peut-elle avoir, messire ? demanda Simon qui, après être allé chercher du linge propre, s'était enhardi à regarder d'un peu plus près sa prisonnière.

– Sans doute un ou deux ans de moins que toi. Mets ces briques sur le brasero, il nous faut vite la réchauffer. Je n'ai guère envie qu'elle monte au ciel comme l'autre. Voyons cela.

Le chevalier se pencha sur l'enfant et lui enleva ses liens.

Elle était restée comme le garçon l'avait installé, un peu en travers du lit. Son corps frêle était agité de tremblements nerveux. Galeran passa la main devant ses yeux mais elle ne cilla pas. Ses pupilles étaient dilatées comme celles d'un animal nocturne, et ses dents mordaient si fort sa lèvre inférieure que du sang en coulait.

– Elle nous voit pas, vous croyez ? demanda l'écuyer.

– Elle n'est pas là, Simon. Mais nous allons essayer de la faire revenir. Il faut d'abord la laver et nous assurer qu'elle n'a pas de blessure, fit le chevalier en déshabillant la fillette qui n'avait sur elle que sa chainse déchirée.

Après avoir lavé et palpé le petit corps décharné, il le frictionna avec un onguent à base d'arnica, lui mit une chainse propre et l'enveloppa dans une épaisse couverture.

Sur ses indications, Simon glissa des briques chaudes sous la litière.

– Surveille-la et préviens-moi si elle bouge.

Le chevalier réchauffa le vin, le mélangea au pavot et laissa tiédir la préparation. Puis il s'occupa de la petite morte.

Tout en la lavant, il estima que, comme sa compagne, elle ne devait guère avoir plus de 12 ans. Elles étaient blondes toutes deux, d'un blond laiteux presque blanc, leurs pieds étaient nus, et elles ne portaient rien sous leurs chainses.

En revanche, elles avaient le corps zébré de

longues traces brunâtres, et les chevilles et les poignets cerclés de marques plus récentes.

Le chevalier examina le visage de la petite morte, ses dents mal alignées, puis ses ongles, avant de lui passer la chainse propre pour couvrir sa nudité.

– Messire, appela Simon d'une voix inquiète, messire, l'autre, là, elle a l'air de reprendre ses esprits.

En effet, un peu de couleur était montée aux joues livides de l'enfant, et son front était en sueur. Un gémissement lui échappa. Elle fixait la table où gisait le corps de sa victime.

– Vous êtes sauvée, petite, fit doucement le chevalier en s'asseyant sur le lit, à ses côtés. Tout va bien.

Pour la première fois, la fillette posa sur lui un regard lucide. Elle détaillait son visage, son bliaud et l'épée qu'il portait au côté.

– Parlez, fit doucement Galeran, n'ayez crainte.

Et la gamine obéit. Elle se mit à parler sans pouvoir s'arrêter, d'une voix sifflante, son visage se tordant d'angoisse au fur et à mesure de son récit.

Simon haussa les épaules.

– Elle a bon bec, mais on n'y comprend goutte à son histoire. C'est quoi ce patois ?

– Je ne sais. Cela ressemble un peu à la langue germanique mais cela n'en est pas. Peut-être une langue slave. Nous verrons cela demain, donne-moi la potion, il faut qu'elle dorme maintenant.

Le chevalier releva la tête de l'enfant pour la faire boire. Elle se laissa faire docilement et, au bout de quelques instants, le pavot fit son effet, ses traits se détendirent et le sommeil la prit.

À ce moment, la porte s'ouvrit, laissant passage au père prieur, Bernard de Saint-Ayoul, un fort gaillard d'allure plus militaire que monastique.

10

– Que veut dire tout ceci ? demanda-t-il une fois que le chevalier eut renvoyé son écuyer et qu'il eut examiné le cadavre de l'enfant. Vous pensez que ce n'est pas l'autre gamine qui l'a tuée, mais qui ou quoi alors ?

– Je pense qu'elle est morte d'épuisement et de mauvais traitements, mon père. De plus, toutes deux n'ont pas mangé correctement depuis bien longtemps, et même depuis le berceau, si elles en ont jamais eu un. Elles ont les ongles et les dents qui se déchaussent, et voyez la fontanelle qui bat sur la tête de celle qui dort, son crâne n'est même pas soudé.

– Mais d'où sortent-elles, ces malheureuses ? Elles n'ont pas des figures de chez nous.

– Je ne sais, mon père, mais il nous faudra en aviser le comte Henri. Elles sont visiblement étrangères, la petite parle une langue que je ne comprends pas, sans doute celle d'un pays slave. Mais le plus grave, ajouta le chevalier, c'est que toutes deux portent de nombreuses marques de fouets et l'empreinte toute récente de chaînes de métal. Il est sûr que ces enfants étaient non seulement retenues prisonnières mais traitées d'affreuse manière, quelque part ici, à Provins.

Le prieur Bernard, les mains enfoncées dans ses larges manches, allait et venait à grands pas dans l'infirmerie. Tout soudain, il s'arrêta et se tourna vers Galeran.

– Je suis de votre avis, cette affaire est gravissime et nous ne pouvons tolérer de telles exactions. Il faut porter cela sans tarder devant le comte, messire chevalier. Vous êtes de ses amis, vous, il vous écoutera.

– Je le ferai dès ce matin, mon père.

– Tout ceci vient de cette maudite foire, murmura le prieur.

– Que dites-vous ?

– Je dis que le mal vient de cette foire, chevalier. Il s'échange là trop de richesses. À ses débuts, c'était une vraie fête, ce n'est plus le cas maintenant, croyez-moi. La ville s'emplit de compagnons douteux, les tavernes se multiplient et les bourdeaux aussi. Oh, bien sûr, je ne devrais me plaindre, car le comte verse au prieuré des bénéfices qui nous permettent d'aider les pauvres gens et d'embellir notre église, mais il n'y a jamais eu ici autant de ladres et de ruffians. À chaque foire, gibet et pilori font leur office et cela me fait saigner le cœur, car les vrais coupables de ces désordres sont trop haut placés pour que la justice les atteigne.

11

Quand, au matin, Galeran se présenta au château comtal, l'intendant le fit entrer tout de suite dans la haute salle où siégeait Henri le Large.

Alors qu'il allait exposer le but de sa visite, le jeune comte le coupa brutalement :

— Galeran, vous tombez à pic, il faut que vous m'aidiez. Nous parlions de mon conduit de foire, hier, et aujourd'hui, on ose porter la main sur des marchands qui sont sous ma protection. Il me faut votre aide, mon ami.

— Elle vous est acquise, messire comte, vous le savez, mais expliquez-moi.

— Je voudrais que vous examiniez le corps d'un garde qui a été trouvé sur les prés Faussart, en basse ville. Nul ici, pas même mon apothicaire Gropius, n'a trouvé la cause de sa mort.

Galeran tressaillit. Deux morts suspectes en une seule nuit ; décidément, le prieur Bernard avait quelques raisons de s'inquiéter des ladres qui hantaient le pays.

— Où est le corps ? demanda-t-il.

— À la salle d'armes. Mon intendant va vous y conduire de suite. Entre-temps, je dois recevoir ces marchands et vous demanderai de vous joindre à nous quand vous en aurez fini.

— Bien, messire.

À sa demande, l'intendant referma la porte de la salle d'armes, laissant le chevalier à sa besogne.

Le corps du malheureux avait été allongé sur une table et recouvert d'un mantel. Galeran ôta le drap et ne put s'empêcher de sursauter. Il avait vu déjà bien des cadavres, mais aucun comme celui-là.

L'homme était bel et bien mort, mais une expression d'intense ravissement détendait ses traits burinés.

Fronçant les sourcils, le chevalier commença son examen. Il dénuda soigneusement le corps, non sans examiner un à un chacun des habits qu'il lui ôtait.

Il dut se rendre à l'évidence : à part quelques cicatrices anciennes, les membres du mort, pas plus que ses vêtements, ne portaient de traces de coups ou de blessures.

Mécontent de lui, le chevalier se releva et examina à nouveau la physionomie de l'homme. Il n'avait décidément jamais vu un mort si souriant ; bizarrement, c'est cela qui le conforta dans son opinion qu'il avait été assassiné.

Il se pencha vers le visage livide, examinant les yeux éteints aux pupilles dilatées, puis les dents qu'il écarta non sans peine avec son coutel ; enfin il glissa ses doigts dans l'épaisse chevelure, séparant les unes après les autres les mèches souillées de terre.

Un long moment passa ainsi, puis un soupir échappa au chevalier qui se redressa enfin.

Il rabattit le drap sur le corps et appela l'intendant. Quelques instants plus tard, il était de retour dans la haute salle du château.

12

Il y trouva le comte en grande discussion avec deux hommes qui n'avaient nulle allure de marchands.

L'un, très jeune, portait le harnois de chevalier ; l'autre avait l'aspect d'un grand seigneur byzantin.

Henri l'annonça :

– Messire Alfano, permettez-moi de vous présenter le chevalier Galeran de Lesneven, un ami fidèle et un homme qui a déjà résolu par le passé nombre d'énigmes.

Le vieil Alfano demeura de marbre et le comte reprit :

– Galeran, voici le seigneur Alfano et son féal, le chevalier Tancrède. Tous deux nous viennent de la lointaine Sicile. Asseyez-vous, messire Tancrède va nous redire ce qui est arrivé cette nuit.

Et le jeune chevalier recommença son récit malgré la visible impatience du vieux seigneur sicilien. Dès qu'il eut fini, ce dernier s'adressa au comte :

– Même si rien n'a été volé, ceci ne peut être le fait du hasard ; un garde est mort, un autre a disparu. Ces hommes étaient à mon service depuis longtemps et avaient ma confiance. Alors, que comptez-vous faire, messire, pour honorer vos devoirs ?

– Tout ce qui est en mon pouvoir, croyez-le bien, messire Alfano. Nous avons mis à votre disposition une maison de la basse ville, point trop loin de la foire, ainsi que vous l'avez demandé. Je puis aussi vous faire assigner quelques gardes de la prévôté…

– Non, nous avons nos hommes, point besoin des vôtres, décréta Alfano. Comprenez, messire comte, que notre mission…

Le vieux seigneur s'interrompit net et jeta un regard suspicieux vers le chevalier.

– Je me fie à Galeran de Lesneven comme à moi-même, messire Alfano, fit le comte Henri avec hauteur. Sans cela, il ne serait pas à mes côtés.

– Bien, bien, grogna l'autre. Mais notre mission est si importante, si…

On frappa à la porte de la haute salle et l'intendant se glissa au côté du jeune comte, auquel il murmura quelques mots.

Henri pâlit, puis ordonna à voix haute :

– Qu'ils entrent !

Les lourds battants furent ouverts, et deux hommes de la prévôté entrèrent, portant une civière sur laquelle reposait une forme couverte d'un drap.

– Que signifie ? demanda Alfano en se levant.

– Je vous demanderai, à vous-même et au chevalier Tancrède, de regarder ceci, fit le comte qui s'était dirigé vers la civière et avait ôté le drap. On a trouvé cet homme non loin des prés Faussart où vous avez établi votre campement. Le corps était échoué sur la berge du Durteint, parmi les roseaux.

Un grondement échappa à Tancrède :

– C'est lui, c'est le garde disparu !

À son tour, Galeran s'approcha du corps. Celui-là au moins ne souriait pas. On lui avait proprement tranché la gorge d'une oreille à l'autre, et il avait sur le visage une expression d'intense horreur.

DEUXIÈME PARTIE

« Lors commencièrent marcheant a errer,
Qui les avoirs ont a vendre aporté,
Dès le matin que il fu ajorné,
De si au soir que il fu avespré,
Ne finent il de venir ne d'aller,
que tote en fu emplie la cité,
De fors la vile se loge en mi le pré,
Et ont lor tres et paveillons fermez. »

Trouvère Bertrand,
XIIe siècle, Bar-sur-Aube.

13

La cloche de Saint-Ayoul sonnait l'office de tierce quand Simon s'éveilla en sursaut.

Un instant, il crut encore entendre le bruit rythmé de ce crâne d'enfant qu'on écrasait sur les caillasses…

Passant les doigts dans ses cheveux emmêlés, il s'assit en bâillant sur sa paillasse et replia ses longues jambes sous lui.

Voyant les couches vides à côté de la sienne, il haussa les sourcils. Les pèlerins et les marchands étaient tous levés ; quant au chevalier, il devait être parti sans lui pour le château comtal.

Cent détails horribles revinrent en foule à l'esprit du jeune garçon. Le visage ensanglanté de la petite morte et celui de cette fillette hagarde qu'ils avaient laissée à l'infirmerie. Il n'avait guère aimé non plus l'expression du chevalier à ce moment-là.

Il soupira, et son souffle se matérialisa en une fine buée. Par la porte du dortoir, laissée grande ouverte, passait un courant d'air glacé. Simon décida qu'il était trop bien au lit pour en sortir et il se renfonça avec délice sous sa mince couverture de laine.

Un bruit de pas le tira brusquement de sa béatitude. Un moine venait d'entrer, inspectant les paillasses avant de se diriger vers lui à grandes enjambées.

En le reconnaissant, l'écuyer fit la grimace ; c'était le frère hôtelier, un gros homme dont tout le monde au prieuré craignait les coups de sang.

Le religieux se planta devant lui, ses épais sourcils froncés.

– Eh bien, comment se fait-il que tu sois point levé ? Tu es malade ou quoi ? Ton maître est pourtant parti avant prime, lui ! Je l'ai vu.

– Euh, non, pas malade du tout, marmonna Simon qui imaginait avec terreur quelle potion serait capable de lui faire avaler celui-là. Je vais très bien, mon frère. On est rentré au point du jour et j'ai pas entendu sonner les cloches.

– Eh bien, lève-toi alors ; et vite ! dit brutalement le moine. Tu perds ton âme à rester ainsi à fainéanter, alors que tous travaillent pour gagner leur pain.

Le jeune gars se redressa et, repoussant sa couverture, posa en frissonnant ses pieds nus sur le carrelage.

– Justement, je l'allais faire, mon frère, je me levais.

Le frère haussa ses larges épaules et fit demi-tour sans rien ajouter.

Simon attrapa les braies et le bliaud qu'il avait gardés au chaud sous sa couverture, puis enfila ses courtes bottes et boucla le ceinturon où pendait son coutel.

Quelques instants plus tard, il était assis dans la salle du réfectoire, avalant avec force grimaces un bol de soupe bouillante.

Alors qu'il allait sortir, le vieux réfectorier le rattrapa et lui glissa discrètement un petit pain dans la main.

– Tiens, Simon, c'est pour toi.

Un sourire illumina le visage du brunet, la miche était toute chaude entre ses doigts.

– Ne la montre pas, ajouta le vieil homme. Même le prieur n'a pas encore eu la sienne, ce matin !

– Grand merci, mon frère, fit le gamin en mettant le petit pain dans son aumônière. Par Dieu, c'est vrai que la faim me dévore les entrailles.

– Ne jure donc pas, petit ! C'est un grand péché que d'invoquer en vain le nom du Seigneur.

– Pardon, mon frère, j'ai point fait exprès.

– Tu es maigre et long comme un louveteau, observa le vieil homme en hochant la tête, et moi qui suis vieux, j'ai plus de dents ! C'est la volonté du Seigneur... Allez, ouste, sauve-toi maintenant !

Le garçon attrapa la main du frère qu'il baisa puis détala dans le couloir.

« Foutre, moi, plus tard, je veux bien pas avoir de dents, songeait-il, si j'ai ma place en paradis. Celui-là, pour sûr qu'il ira tout droit ! »

14

À peine sorti du prieuré, Simon s'arrêta, regardant avec stupéfaction la place qu'il avait traversée la veille en compagnie du chevalier.

Sur l'esplanade s'élevaient maintenant en grand nombre des baraquements de bois, autour desquels s'affairaient ouvriers et charpentiers, et c'était un fracas assourdissant de coups de marteaux, d'invectives et de chants de toutes sortes.

De grands charrois, tirés par des bœufs, passaient en soulevant des nuages de poussière. Des gamins poussaient des carrioles débordantes de ballots de marchandises, d'autres roulaient des tonneaux. Un peu plus loin, l'air était plein d'étincelles qui s'envolaient d'une forge. Simon ne s'y retrouvait plus, la ville basse était en pleine effervescence.

– Ben, t'en ouvres des yeux, toi ! s'exclama près de lui une petite voix aigre.

L'écuyer se retourna et se trouva face à une sorte de garçonnet. Il lui arrivait tout juste à la taille mais avait le cheveu rare et gris comme celui d'un vieillard. Son visage grêlé n'était point non plus celui d'un enfant. À dire le vrai, il était aussi repoussant que celui du péché sculpté au portail des églises. Avec ça, l'individu était vêtu d'une grossière chainse de toile pelée, portait un vilain petit coutel à la ceinture, des braies malpropres retenues par une ficelle et des patins de bois trop grands pour ses pieds nus.

Simon haussa les épaules et répliqua :

– Ben quoi, c'est que je suis pas d'ici, moi, voilà tout.

– Pour sûr, fit le garçon comme s'il connaissait son monde par cœur. D'où tu viens comme ça ?

– Du pays de Léon, fit Simon.

– C'est où ça, le Léon ? insista l'autre.

– En Bretagne.

– T'es breton alors ?

– J'ai pas dit que j'étais breton, j'ai dit que je venais de là-bas.

– Des Bretons, y'en a ici à Provins. Enfin, la Bretagne, c'est plus loin que Troyes, et Troyes, tu sais, j'y suis même jamais allé, alors…

Tout en parlant, l'avorton s'était haussé sur la pointe des pieds et examinait l'écuyer.

Mal à l'aise, Simon lui demanda :

– Qu'est-ce que t'as à me reluquer comme ça ?

– Morbleu, te fâche pas, c'est parce que t'es vêtu comme un prince, fit-il en attrapant brusquement le tissu du pourpoint, qu'il pinça en expert pour en tâter l'épaisseur.

– C'est pas vrai, protesta Simon. Je suis juste vêtu comme un écuyer.

Le nabot lâcha le tissu à regret.

– Ça veut dire que tu t'occupes des chevaux ?

– Si on veut. Et toi, t'es qui ? demanda Simon, que le singulier personnage intriguait.

– Par ici, on m'appelle le Rat, fit l'autre avec une expression sournoise qui le rendit encore plus vilain. Tu vois, comme la sale bête, j'ai le poil ras. Même que sous ma chainse, ma peau est grise.

– Eh ben moi, je t'appellerai pas comme ça, répliqua l'écuyer. C'est quoi ton vrai nom ?

L'avorton hésita puis fit signe à Simon de se pencher et lui murmura à l'oreille :

– Je me nomme Coridus.

– Ça, c'est un nom ! Moi, c'est Simon.

Coridus ne semblait pas avoir entendu la réponse de l'écuyer et continua à voix basse :

– T'as raison, c'est le seul cadeau que j'ai jamais reçu.

– Qu'est-ce que tu dis ? fit Simon.

– Rien, rien.

– T'as quel âge ?

– J'ai failli me noyer pendant le déluge, ricana l'autre.

Son visage était si laid, son regard si dépourvu de vie que Simon pensa qu'il disait peut-être vrai.

– Tu t'en sortiras de la rue, fit-il en essayant de sourire. Regarde, moi, j'en suis bien sorti. Et tu sais, avant de rencontrer mon maître, je ne vivais guère que de la pitié des autres.

Coridus redressa ses épaules difformes et déclara de sa voix de fausset :

– Te fie pas à ma mise, l'écuyer. J'ai de côté plus de deniers que t'en auras jamais. La rue, je la quitte quand je veux. Je suis libre et, tout vilain que je suis, il est des filles pour m'aimer.

– Te fâche pas, fit Simon, qui ne savait trop comment prendre ce gamin à figure de vieillard. Tu as faim ?

– Pourquoi tu dis ça ? demanda l'autre avec méfiance.

L'écuyer exhiba le petit pain chaud qu'il gardait dans son aumônière.

– Parce que si t'avais faim, on pourrait partager ça.

– D'accord, fit l'autre en lui arrachant la miche des mains et en la fourrant d'un coup dans sa bouche.

– Ben toi alors ! s'exclama l'écuyer. T'aurais pu attendre que je partage !

– Moi, je partage pas ! fit Coridus. Bon, on va pas rester là comme des bourgeois à la panse pleine, tu me suis ?

– Où tu vas ?

– Qu'est-ce que ça fait, puisque tu connais pas ? Allez viens !

15

Après avoir traversé la place Saint-Ayoul, Coridus entraîna l'écuyer par la grande rue, vers la rue aux Aulx.

Soudain, il s'arrêta net, montrant un passage barré par les hommes du prévôt.

– Foutre, on peut point passer par là, ils bouclent déjà le quartier ! Bougre de moi, j'aurais dû m'en douter. Viens ! fit le garçon en saisissant Simon par la manche et en l'entraînant vers une étroite ruelle où il s'arrêta la mine songeuse.

– Qu'est-ce qui arrive ? On peut passer ailleurs ?

– Ben, réfléchis ! Toutes les rues qui mènent à l'enclos de la foire sont sûrement fermées maintenant et, au cas où t'aurais pas remarqué, l'enclos, on est en plein dedans ! Et le centre, c'est le prieuré d'où tu viens.

– Pourquoi c'est fermé d'abord ?

– La Saint-Ayoul, elle commence demain. La marchandise est dans les entrepôts ou dans des maisons de ce quartier, et y'en a des deniers là-dedans, tu peux m'en accroire. Alors ces foutus gardes, y sont là aussi, et moi, je fraye pas avec eux.

– Bon, mais qu'est-ce qu'on fait alors, si on peut pas passer ?

– J'ai pas dit qu'on pouvait pas passer, bougre de meschinet !

Et déjà, Coridus l'entraînait, allant de ruelles en ruelles, écartant les planches des palissades, grimpant enfin sur un toit d'où ils sautèrent dans une rue étroite.

Trempé de sueur et la respiration courte, Simon souffla :

– Foutre, t'es plus agile qu'un écureuil !

– En tout cas, nous sommes sortis, fit Coridus en lui tirant la langue. Allez, suis-moi.

Au bout de la rue, Coridus s'arrêta enfin et frappa à un vantail clouté de fer.

– Qu'est-ce que tu fais ? murmura le brunet à qui l'endroit ne plaisait guère et qui commençait à regretter d'avoir suivi son compagnon.

L'autre ne répondit point.

– Mais on est où, Coridus ? insista Simon.

– Dans la rue Pute-y-Muce, triple buse.

– Mais c'est la rue as Putains ?

Un vilain rire échappa à Coridus.

– Toi alors, tu crois tout ce qu'on te dit ! On est rue d'Enfer, ça te va mieux ?

L'huis s'ouvrit et l'avorton happa son compagnon par le pan de son pourpoint.

La porte s'était refermée derrière eux avec un bruit sourd, et l'homme qui leur avait ouvert avait disparu par un étroit corridor.

Simon ne protestait plus, il s'était immobilisé et regardait autour de lui avec stupeur.

Les murs de l'antichambre, où brûlaient des lampes à huile, étaient recouverts de cuir de Cordoue et, par endroits, de tentures faites d'une étoffe éblouissante. Devant eux s'ouvrait une arche sculptée comme celle d'un cloître, par où entrait la lumière du jour.

– Allez, avance, fit Coridus en lui donnant un coup de coude dans les reins. On est attendus.

Comme jadis les villas romaines, celle-là était construite autour d'une cour à ciel ouvert, plantée de lauriers et de romarins. Dans ce jardin secret, l'on n'entendait que le murmure d'un mince jet d'eau qui jaillissait d'un bassin de céramique polychrome et, de temps à autre, le roucoulement rauque des colombes blanches qui nichaient dans les arbustes.

Simon s'était à nouveau figé.

Au bord du bassin était assise une femme enveloppée de voiles d'un rouge violent ; même son visage était caché. Pourtant, il sembla au jeune écuyer que ses yeux, qu'il ne pouvait voir, étaient rivés sur lui.

D'un geste gracieux, la jeune femme leur fit signe d'approcher.

– Eh bien le Rat, qui est donc ce charmant jeune homme que tu m'amènes ? fit une voix caressante.

Se sentant poussé vers la créature voilée, Simon avança d'un pas et s'inclina comme son maître le lui avait appris.

– Simon, ma dame, écuyer du chevalier Galeran de Lesneven, pour vous servir.

La femme avait tressailli.

– Que tu es donc galant, Simon, murmura-t-elle. Viens, assieds-toi près de moi.

– Permettez-moi de rester debout, ma dame, fit l'écuyer que la femme intimidait.

– Le Rat, laisse-nous, tu veux ?

Sans dire un mot, l'avorton s'en fut, une expression de haine sur le visage.

– Ainsi, tu es l'écuyer d'un chevalier, reprit la femme quand ils furent seuls. D'où vient ce nom de Lesneven ?

– Du comté de Léon, dans la lointaine Bretagne, ma dame.

Tout en parlant, Simon jeta un vif coup d'œil à la femme. À contre-jour, la lumière qui glissait à travers les fines étoffes dévoilait les courbes d'un corps nu et gracile.

Un choc parcourut le garçon, comme s'il avait reçu un coup, le laissant tout étourdi. Enfin, il se reprit et bredouilla en se redressant :

– Je ne sais si je dois rester, ma dame, le chevalier…

– Ne t'inquiète donc, Simon, je ne te retiendrai pas longtemps. Je souhaite juste te faire visiter ma maison, tu veux bien ?

Simon essaya de deviner le visage qui se tournait vers lui. Un court instant, il crut discerner sous les voiles l'éclat fiévreux de deux grands yeux noirs.

– Viens, fit-elle en se levant et en lui prenant la main.

Il sursauta au contact de cette petite main tiède qui se glissait dans la sienne, et se laissa entraîner vers une porte de bois sculpté, à l'autre bout du patio.

Ils traversèrent un couloir où on entendait des rires stridents et des cris de femmes. Bientôt, ils entrèrent dans une vaste chambre où se tenaient quatre filles occupées à leur coiffure.

Elles étaient nues, et le jeune écuyer détourna les yeux en rougissant.

– Eh bien, mon ami, de quel étrange pays viens-tu ? Tu n'as donc jamais vu de filles ?

– Euh si, ma dame, à la rivière, protesta Simon. Mais point de si près, j'avoue, et surtout, elles ne se tenaient pas comme celles-là.

En les voyant entrer, les quatre filles avaient, en effet, aussitôt quitté leurs occupations et s'amusaient maintenant à prendre des postures obscènes.

La femme se tourna vers le garçon et lui caressa doucement la joue.

– Allons, ne sois pas bégueule, serais-tu donc puceau ?

L'écuyer rougit un peu plus. Un parfum de musc montait du corps de la femme. Il entendait les filles qui riaient de lui et échangeaient des plaisanteries graveleuses. Il murmura :

– Oui.

La femme haussa gracieusement les épaules et referma la porte du dortoir :

– Ce n'est point si grave, tu en guériras. Viens, je vais te montrer mes étuves.

Tout en bas d'un escalier de pierre, la femme poussa une porte massive, et Simon fut aussitôt suffoqué par une épaisse vapeur huileuse.

Au travers de la buée brûlante, il vit qu'il était sur le seuil d'une salle basse et sans fenêtre, dont les murs de pierre ruisselaient d'humidité.

Sur un banc étaient assis deux vieillards dénudés qui discutaient à voix basse, en hochant leurs longues barbes mouillées.

À côté, un autre, à la face rougeaude, était étendu à plat ventre sur une table. Une fille, la chainse trempée, le massait à l'aide d'un galet, et il poussait des cris aigus de douleur ou de plaisir, on ne savait trop.

– Maître Gropius sait que c'est bon pour lui, dit la femme, il est apothicaire… cela fait sortir les humeurs mauvaises et rajeunit un homme. Ensuite, il prendra du vin au piment et ira voir les filles… mais toi, gentil écuyer, tu n'auras pas besoin de cela, ajouta-t-elle avec un petit rire, en l'entraînant à nouveau.

L'écuyer ne sut pas très bien comment il se retrouva dans une grande chambre qui donnait sur le calme du patio. C'était comme le paradis, après l'enfer surchauffé des étuves.

Des peaux de bêtes jonchaient les grandes dalles du sol. Dans un coin étaient entassés des coussins multicolores et, sur une table basse, étaient disposés des carafons, des coupes et des pyramides de petits biscuits dans des plats d'étain.

La femme se laissa tomber avec un soupir sur les coussins.

– Tu n'as pas soif ou faim ? demanda-t-elle.

Il fit non de la tête. Il avait soif et faim de tout autre chose, mais ne dit mot.

La femme voilée s'allongea sur les coussins avec une nonchalance animale.

– Approche, n'aie point peur. Je ne reçois ici que ceux qui me plaisent.

– Je n'ai pas peur, ma dame.

– Je veux que tu me fasses promesse, Simon, et en échange, je te donnerai ce dont tu as envie, fit la voix indolente.

– Oui, ma dame, dit le garçon qui respirait difficilement. Je promets.

– Que tu es mignon ! Mais attends, je ne t'ai pas dit ce que je voulais !

Simon se passa à nouveau la langue sur les lèvres. Il aurait promis n'importe quoi pour rester, un instant encore, près de cette singulière créature.

– Je vous le promets quand même, fit-il d'une voix qu'il voulait ferme.

– Il te faudra m'amener ton maître, alors, fit la voix.

Croyant avoir mal entendu, Simon répéta :

– Mon maître ? Le chevalier ? Mais pourquoi, ma dame ?

– Eh bien oui, ton maître ! s'impatienta la femme. Ne bégaye point ainsi. Rappelle-toi, tu as promis.

– Oui, ma dame, mais le chevalier, vous comprenez, je lui commande pas, et l'amener ici…

– Te ferais-je honte ? dit-elle avec brusquerie.

– Oh non !

– Tu veux donc me fâcher, Simon, et que je pense que toi, un écuyer, tu n'as point de parole ?

– Non, ça non ! protesta l'autre.

– C'est mieux ainsi, alors viens t'asseoir ici et dis-moi, que veux-tu en échange ?

Au bout d'un long silence, il murmura :

– Je voudrais voir vos yeux, ma dame.

La femme eut un mouvement de recul. Elle ne s'attendait pas à ça et se sentait vaguement mortifiée.

Enfin, elle se décida et leva le voile pourpre qui dissimulait ses traits.

Leurs yeux se croisèrent, et elle détourna les siens la première.

– Et alors ? dit-elle agacée.

– Vous êtes très belle, ma dame, je le savais. Vos voiles ne m'ont point trompé.

Simon s'était agenouillé devant elle. Il voyait son visage sans défaut et, à travers ses voiles, les détails de son corps parfait.

Il se sentait comme engourdi, osant à peine respirer. Il n'avait qu'à tendre la main pour toucher ses cheveux couleur de nuit… quand la voix de la femme claqua comme un fouet.

– Et maintenant, va-t'en !

– Mais… mais… protesta Simon comme au sortir d'un rêve.

– Va-t'en, te dis-je, et n'oublie pas ce que tu as promis.

Puis, elle se radoucit :

– Tiens ta promesse, mon gentil écuyer, et je t'offrirai davantage.

16

Le signor Alfano s'était muré dans un silence distant. Il avait rejeté sur ses épaules les plis de son mantel écarlate et s'était assis. Sa main soignée lissait nerveusement sa courte barbe tressée.

Son regard sombre allait et venait, s'arrêtant tour à tour sur Galeran puis sur Tancrède. Le prévôt Foucher étant venu quérir le comte pour régler un litige, Henri avait dû laisser le chevalier seul avec les deux Siciliens.

Quant au corps du malheureux garde, il reposait maintenant dans la chapelle du château comtal, à côté de celui de son camarade.

Galeran venait de poser à Alfano une question fort simple. N'obtenant pas de réponse, il s'adressa cette fois à Tancrède :

– Pourquoi, chevalier, aviez-vous placé ces deux chariots au centre du cercle ?

– Mais bien entendu, pour protéger notre marchandise, dit vivement le jeune Sicilien.

– Certes, messire, mais à aucun moment vous ne m'avez dit ce que vous transportiez de si précieux, observa Galeran en plantant son regard clair dans celui de Tancrède.

– Oui, cela est vrai. Eh bien, nous transportons des étoffes de grand prix et surtout des tissus en provenance du Tiraz de Palerme.

– Le Tiraz ?

– Les ateliers du palais de Palerme, propriété du roi Guillaume Ier de Sicile.

– C'est la première fois, si j'ai bien compris vos dires, que des marchands siciliens viennent commercer en Champagne ?

– Oui, messire, je le crois.

Comme s'il se parlait à lui-même, Galeran ajouta :

– Cela représente à peu près quatre mois de voyage et bien des dangers…

– Sans doute, messire, mais comme vous le voyez, nous sommes arrivés sans dommage à Provins.

Le chevalier breton fit quelques pas dans la salle d'armes avant de revenir vers le jeune homme.

– Vous n'avez pas répondu à ma question, tout à l'heure. Pourquoi ces deux chariots près de la tente du seigneur Alfano n'avaient-ils pas, à vos yeux, la même valeur que les autres ?

Tancrède ne se troubla pas et jeta :

— Je ne puis vous répondre, messire.

La voix sèche du vieux seigneur interrompit le dialogue :

— Il suffit ! Nous ne sommes pas venus ici pour subir un interrogatoire comme si nous étions des ladres !

Galeran se tourna vers lui.

— Pardonnez-moi, si je vous ai offensé, messire. Mon seul but, tout comme celui du comte Henri, est d'assurer votre sécurité en ces lieux et de découvrir la vérité sur la mort de vos hommes.

— Maints chemins mènent à la vérité, observa le vieillard avec hauteur. Trouvez-en un autre !

— Fort bien, répondit le chevalier. (Il parut se recueillir un instant, avant de déclarer en regardant Alfano droit dans les yeux :) Alors dites-moi pourquoi un homme tel que vous, messire Alfano, proche du roi Guillaume Ier de Sicile, bras droit de l'émir des émirs, Maïon de Bari, est-il à Provins ?

Les mains du vieil homme se crispèrent sur les accoudoirs du faudesteuil et ses narines se pincèrent.

— Comment savez-vous ? gronda-t-il à mi-voix.

— Par un mien ami, proche de la famille de Hauteville [1], qui m'a envoyé, à la suite de la mort de votre roi Roger II en février de cette année, une longue lettre pour m'informer des changements de

---

1. Voir *Rouge sombre*.

la cour de Sicile. Toujours d'après mon ami, vous comptez parmi les hommes d'influence, messire Alfano.

– Tout ceci ne regarde que le comte Henri, lâcha le vieux seigneur en se levant et en allant se placer devant la fenêtre de la haute salle. Quant à ma présence ici, elle doit, si c'est possible, rester secrète, et je vous demande de n'en point faire état.

– Cela va de soi, messire. J'essayais seulement, ainsi que vous me l'avez conseillé, de trouver un autre chemin vers la vérité.

À nouveau silencieux, le vieux seigneur regardait dehors. Le chevalier insista :

– Deux de vos hommes sont morts, messire. Peut-être serait-il bon que nous nous entendions, avant que d'autres incidents ne se produisent.

Sur ces entrefaites, la porte de la salle s'ouvrit, livrant passage au comte.

– Où en sommes-nous, messire ? dit Henri le Large en fonçant sur eux.

– Nous nous retirons, fit Alfano en se tournant vers lui et en refermant d'un coup sec le fermail doré de son mantel.

– Que signifie ?

– Le châtiment des coupables est entre vos mains, messire, vous en êtes seul comptable.

– Je le sais par Dieu bien, mais…

– Sachez, par ailleurs, messire comte, le coupa Alfano, qu'il n'est aucunement dans mes intentions de livrer à qui que ce soit d'autre qu'à vous la raison de notre présence ici.

– Bien, bien, fit Henri. Pour moi, je vous fais

promesse que, d'ici peu, ceux qui ont osé s'en prendre à vos hommes se balanceront à la fourche de mon gibet !

– Je vous salue bien, messire comte, fit le vieux seigneur en s'inclinant brièvement devant Henri de Champagne. Tancrède, suivez-moi !

17

Une fois la porte refermée sur les deux Siciliens, le jeune comte se mit à arpenter la salle en vociférant :

– Morbleu ! Que la peste l'étouffe, ce manichéen de l'enfer ! Comme si je n'avais assez de cette foire pour m'occuper, il me fallait morts d'hommes chez ces foutus Siciliens, et cet Alfano…

Galeran ne disait mot, il avait l'habitude des emportements d'Henri.

– Cet Alfano ne me revient guère, et vous avez vu le chérubin qui l'accompagne ! Avec ses silences et ses manières de moinillon… Nous ne sommes pas en Orient ici, que diable, nous sommes en Champagne !

– Messire, puisqu'ils s'y refusent, peut-être vous-même, pouvez-vous me dire ce que ces Siciliens transportent.

Brusquement calmé, le comte se planta en face du chevalier.

– Si je ne vous connaissais, mon ami… Enfin, sachez que ce qu'ils transportent n'est rien moins que le prix d'une alliance entre la maison de Sicile et la mienne !

– J'imaginais bien quelque chose comme cela, fit le chevalier, et je comprends maintenant les réticences du seigneur Alfano.

La longue cicatrice qui barrait le front du chevalier se creusait sous l'effort de la réflexion. Sa voix était grave quand il reprit :

– Dites-moi, messire, dans tout ceci, est-ce que le prix de l'alliance compte davantage que l'alliance elle-même ?

– Allez toujours…

– Verriez-vous quelqu'un, en particulier, qui veuille que cet accord entre vous et Guillaume Ier échoue ?

– Sachez seulement, pour votre gouverne, que le cadeau que m'envoie le roi normand de Sicile est infiniment précieux, dit le Large. Pour le reste, chevalier, chacun agit pour son propre compte, et personne n'a intérêt à voir ses voisins se renforcer en concluant des alliances. Ils sont sûrement nombreux, ceux qui voudraient me mettre des bâtons dans les roues, mais allez savoir lesquels, c'est une autre histoire !

Le chevalier hocha la tête en silence.

– Alors quoi ? dit fiévreusement le Large, quel est votre conseil ?

– Mieux vaut feindre de ne pas avoir la moindre intention d'agir. À mon avis, d'autres attaques viendront, et nous en saurons plus sur nos ennemis. Je remarque seulement que le convoi d'Alfano a fait sans encombre un voyage de quatre mois, et que c'est à l'instant où il est arrivé dans vos murs que l'on a décidé de frapper…

– Et cela veut dire ?

– Que l'on a voulu rassurer Alfano et ses hommes durant leur périple et que, pendant ce temps, un piège était en préparation ici même.

– Apparemment, le piège n'a pas fonctionné !

– Oui, apparemment, comme vous dites, et grâce à celui que vous traitez de chérubin et qui, en vrai soldat, ne s'est point laissé endormir ni surprendre. Mais ne nous y trompons pas, ce premier coup est sans doute un coup de sonde pour nous jauger. Sans montrer le bout de son nez, l'adversaire a déjà réussi à saper la confiance qu'Alfano pouvait avoir en vous, et les négociations s'en trouvent compromises.

– La confiance d'Alfano, parlons-en, je crois qu'il a même peur de son ombre… Le vieux renard craint pour sa peau et prend mille précautions. Il n'a même pas voulu que mes hommes d'armes se joignent aux siens pour le protéger, comme si je n'étais pas le plus loyal des hommes !

Sans répliquer, le chevalier jeta au jeune seigneur un regard chargé d'ironie.

Une grimace carnassière tordit le visage d'Henri qui s'exclama avec une bonne humeur inattendue :

– Savez-vous, Galeran, que je vous garderais bien à mes côtés comme conseiller, vous m'apprendriez peut-être la patience !

– Il n'est que la liberté pour me convenir, messire, vous le savez bien. Je suis comme les oiseaux dont le chant s'éteint, en même temps que se ferme la porte de la cage, répliqua en riant le chevalier qui n'était point dupe de ce brusque changement d'humeur.

– Bon, mais peut-être un jour serez-vous d'un autre avis, grogna le Large. Au fait, Galeran, vous ne m'avez rien dit de la mort de ces gardes ?

– Je n'en sais point encore suffisamment pour vous éclairer, messire. Par contre, il ne fait aucun doute qu'il y a non pas un mais plusieurs assassins.

– Expliquez-vous.

– Si vous le voulez bien, commençons par le dernier cadavre. Vous avez vu, tout comme moi, qu'il a été égorgé. La lame était longue, aiguisée, et celui qui a fait ça était soit un soldat de métier, ce qu'il ne faut pas exclure, soit un ruffian comme en emploient les compagnies marchandes pour éliminer leurs concurrents.

– Bon, et alors ?

– Le travail était bien fait, messire, et ne tranche pas qui veut la gorge de son prochain, vous le savez aussi bien que moi.

– Quoi d'autre ?

– Dans ce genre d'affaire, l'assaillant attaque sa victime par-derrière, et c'est davantage la surprise que la douleur qui creuse les traits du défunt. Or celui-là avait le visage tordu par un rictus d'horreur, ajouta Galeran.

– Je l'ai remarqué, approuva le comte.

– Alors, je ne peux m'empêcher de me demander ce qui a pu l'effrayer à ce point ? Nous n'avions pas affaire à un novice, c'était un soldat aguerri. Qu'a-t-il entrevu avant de mourir ? Il faudra que j'examine l'endroit où on l'a trouvé.

Les paroles du chevalier résonnaient sinistrement.

– Et l'autre ? demanda le Large.

– L'autre ? Sa mort est bien plus inquiétante. C'est comme s'il avait entrevu le paradis et en était mort… C'est là qu'intervient probablement un second assassin.

Le chevalier alla à la fenêtre, regardant sans les voir les toits de la ville, avant de revenir vers le jeune comte.

– Messire, Dieu sait combien j'ai vu de malemort, mais jamais encore je n'avais vu un cadavre qui rit.

– Expliquez-vous, mon ami.

– Laissez-moi encore un peu de temps, fit le chevalier.

– Bon, comme vous voulez, mais tout ça nous laisse dans le noir. Je suis, de par ma foi, responsable de mes hôtes, il nous faut les protéger. Et, en plus, vous pensez que tout cela ne fait que commencer ?

Le chevalier hocha la tête.

– Où les avez-vous logés, messire ?

– Quand vous descendez la côte du Murot, rue des Vieux-Bains.

– Et pourquoi pas au château ?

– Vous avez vu Alfano ? Vous croyez vraiment qu'il pourrait dormir en paix sous mon toit ? Non, n'est-ce pas ? Nous lui avons donc, à sa demande, réservé une solide maison de pierres, aux issues peu nombreuses. Il y sera, si Dieu le veut, en sécurité.

– Demain est l'ouverture de la foire, messire ?

– Oui, et je ne pourrai vous voir, ni m'occuper de tout cela, mais j'ai parlé de vous à mon prévôt, Foucher de Provins, son bras vous est acquis tout comme celui de ses hommes. Par ailleurs, je m'emploierai à faire changer d'avis Alfano.

– Je crois qu'il changera d'avis sans que ni vous ni moi n'ayons à intervenir, messire, fit énigmatiquement le chevalier. (Après un temps, il ajouta :) Par Dieu, messire comte, j'allais oublier le but de ma visite de ce matin. Il me fallait vous avertir d'une seconde affaire, fort grave.

– Qu'est-ce encore ? C'est à croire que c'est vous qui les fabriquez, Galeran !

– Les tourments viennent ainsi qu'il plaît à Dieu, messire, vous le savez.

Et le chevalier conta à Henri le Large la découverte des deux fillettes et ses conclusions.

– Quoi, vous pensez que ces gamines étaient retenues prisonnières contre leur gré, ici, dans ma propre ville ?

– C'est possible, messire comte, tout comme il se peut aussi qu'elles soient arrivées, dissimulées dans un chariot ; peut-être viennent-elles des pays slaves. Je n'en sais pas plus, car je ne comprends leur langue.

– Alors, peut-être quelqu'un peut-il nous aider, fit Henri, c'est mon trésorier, Arnaud. C'est un habile coquin, et il nous trouvera bien quelque gaillard parlant les langues de là-bas, surtout en temps de foire.

Quelques instants, plus tard, l'intendant du comte introduisait le dénommé Arnaud.

C'était un bourgeois au visage expressif et au teint fleuri, il était de grande taille et vêtu d'un riche mantel de drap ners provinois. Il salua très bas le comte et son invité et, d'une voix qui sonnait haut, déclara :

— Vous m'avez fait mander ? Je suis à vos ordres, mon seigneur.

— Oui, Arnaud, nous cherchons quelqu'un qui comprenne les langues de Sclavonie. Peux-tu nous trouver ça ?

Les sourcils du bourgeois se froncèrent sous l'effet de la réflexion.

— Je vois bien un homme qui pourrait vous aider, c'est Guillaume le Picard, mon seigneur. C'est un fin marchand, et il parle tant de langues et de dialectes que je ne les puis compter.

— Où peut-on trouver ce Picard ?

— En basse ville, en l'hostellerie du *Coq Hardi*, je l'ai vu pas plus tard qu'hier.

— Bien, fais-lui dire de ma part de rejoindre de suite le chevalier Galeran de Lesneven, au prieuré de Saint-Ayoul. Cela sera tout, sire vilain.

— À votre service, mon seigneur, fit le bourgeois en s'inclinant très bas avant de sortir de la salle.

18

La maison de la rue des Vieux-Bains, sise non loin de l'hôtel du même nom, était une solide bâtisse.

Louée par le comte pour le temps des foires, elle servait d'habitude d'entrepôt à de riches marchands lyonnais.

Au rez-de-chaussée se trouvait une vaste halle, dont les voûtes en croisées d'ogives reposaient sur deux rangées de piliers surmontés de chapiteaux sculptés. Tancrède y fit installer les marchandises provenant des deux mystérieux chariots et une dizaine d'hommes d'armes pour les garder. Des draperies attachées aux piliers les protégeaient des regards indiscrets.

Au premier étage étaient trois vastes chambres, attribuées l'une au vieux seigneur Alfano, l'autre à ses hôtes, et la dernière au chevalier.

– Messire !

– Oui ? fit Tancrède en se tournant vers le sergent qui venait d'entrer dans la salle.

– Tout est en règle selon vos ordres, un vrai camp retranché. Nous avons, en plus, déchargé nos ballots à l'entrepôt des drapiers. Les clercs du prévôt ont compté la marchandise avec nos commis, et elle est maintenant sous bonne garde.

– Et nos marchands ?

– Darde Caballe les a logés avec lui, au *Coq Hardi*, près de l'entrepôt.

– Bon, débrouille-toi pour trouver une paillasse

pour toi et deux de tes hommes, non loin de cet endroit. Pour les autres, qu'ils gardent les chariots et les bêtes, prends Gratio pour t'aider. Dis-lui que les gars peuvent aller se soûler aux tavernes ce soir, mais uniquement par groupes de trois, et que je ne voie pas le camp sans surveillance ! Maintenant va, et n'oublie pas que tu es responsable sur ta vie de celles des marchands. Quand la foire ouvrira demain, vous vous relaierez, tes hommes et toi, entre la loge et l'entrepôt. La marchandise doit arriver sans encombre sur les étals. Peu importe qu'il y ait là des gardes du prévôt, je ne les connais pas et ne veux pas les connaître ; c'est vous et vous seuls qui aurez à répondre devant moi, et non eux. Ne quittez pas les marchands des yeux, et méfiez-vous de la racaille !

— À vos ordres, messire, fit le sergent en s'inclinant avant de sortir.

Tancrède se détourna, inspectant les soldats qui achevaient d'installer paquetages et litières sur le sol de terre battue de la grande halle.

Malgré le soleil qui brillait dehors, il y faisait sombre et froid, et les murailles étaient luisantes de salpêtre. Seuls de fins rais de lumière arrivaient à percer par la fente des archères et les soupiraux grillagés.

— Giacomo ! appela-t-il.

— Oui, messire, fit l'un des hommes en se redressant.

— Fais-moi placer des torches de ce côté-ci de la salle. On n'y voit goutte ici. Envoie des gars chercher du foin pour vous autres et couvrez-en le sol.

– À vos ordres.

– Où est notre cuistot ?

– En basse ville, pour chercher du « mouton salé », nous a-t-il dit, mais j'espère qu'il galèje parce que le mouton, messire… fit le soldat avec une grimace.

Tancrède sourit puis, montrant la cheminée et le foyer empli de cendres, répondit :

– Mieux vaut la panse pleine que vide, Giacomo. Dis-moi, j'ai vu une trappe près des marchandises, où cela mène-t-il ?

– À une cave voûtée, messire, le sergent qui nous a fait entrer ici me l'a montrée. Les Lyonnais y mettent leurs tonneaux, il en reste d'ailleurs, ainsi que tout un tas de cageots ; c'est fort encombré et humide là-dedans.

– L'as-tu bien inspectée ?

– Oui, messire.

– Bien, si tu as fini d'installer ta paillasse, nettoie-moi cette cheminée, prépare un bon feu et, pendant que tu y es, fais chauffer une marmite d'eau. Je monte voir si tout va bien là-haut. Et n'oublie pas qu'aucun étranger ne doit entrer ici, sauf avec l'autorisation expresse du seigneur Alfano ou de moi-même.

Le soldat s'inclina et partit donner les consignes aux autres.

Tancrède saisit les montants de l'échelle qui menait à l'étage et grimpa avec agilité. Une fois sur le palier, il frappa à la porte d'Alfano et s'annonça :

– Tout va bien, Tancrède, fit la voix du vieux seigneur à travers l'huis. Je suis occupé et vous verrai plus tard.

– Bien, messire, à vos ordres, fit le jeune homme en allant vers la chambre qu'il avait attribuée aux hôtes de son maître.

Comme personne ne répondait, il poussa le battant et entra.

Une minuscule clochette d'argent, suspendue au-dessus de la porte par un cordonnet d'étoffe brune, se mit à tinter, annonçant sa venue.

Surpris, le jeune homme leva la tête puis parcourut la pièce du regard. Elle était déserte ; ses occupants, pensa Tancrède, devaient être chez Alfano.

Par la fenêtre grande ouverte passait un rayon de soleil. D'un brasero s'échappaient des volutes de fumée bleutée et odorante.

Sur une petite table étaient posés de délicats outils dont il ne savait l'usage.

Un paravent de laque dissimulait l'endroit où couchaient probablement ses hôtes. Tancrède allait faire demi-tour et refermer la porte quand il la vit sortir de derrière le paravent.

Elle s'immobilisa un instant, comme effrayée par sa présence, puis vint vers lui de cette démarche si légère qu'on avait l'impression qu'elle frôlait à peine le sol.

Elle portait de fins chaussons surélevés, des guêtres à franges et une ample robe brodée de grandes fleurs aux teintes délicates.

Arrivée devant lui, elle s'inclina très bas, les mains jointes devant la poitrine.

Le jeune homme protesta :

– Ne me saluez point ainsi, ma dame. C'est contraire à nos us, c'est à moi de le faire, fit-il en s'inclinant à son tour. Pardonnez si je vous dérange, je voulais juste savoir si vous ne manquiez de rien. Je vous laisse en paix maintenant.

Elle s'était redressée et le regard de ses yeux mi-clos croisa le sien. À son grand trouble, le jeune homme réalisa que c'était la première fois qu'ils étaient seuls tous deux et qu'il était si près d'elle.

Son regard s'attarda sur les lèvres fines, peintes d'un rouge carmin qui tranchait sur le blanc translucide de sa peau, puis sur les oreilles nacrées, ornées de pendants de perles baroques.

Des aiguilles d'ivoire étaient plantées dans son haut chignon, et des rubans dorés retombaient de chaque côté de son visage menu et délicat comme celui d'un enfançon.

Tout en la contemplant, Tancrède se rappelait les mises en garde d'Alfano : « Méfiez-vous, mon ami. Croyez-moi, même les Sarrasins nous sont plus proches que ces gens-là ! Soyez toujours sur vos gardes et ne vous fiez jamais à eux ! »

Elle avait l'air tellement désemparée et étrangère à ce monde, qu'il avait du mal à croire aux rudes paroles de son seigneur.

Pourtant, cette jeune fille si frêle ne semblait pas avoir souffert des grandes fatigues du voyage, qu'elle avait endurées sans jamais se plaindre. Et il se demandait, en l'observant, quelle femme, en réalité, se cachait sous des apparences si fragiles.

S'étant repris, il secoua la tête et répéta :

– Je vous laisse en paix.

Les ongles peints de la jeune femme effleurèrent la manche de son bliaud et, avec un geste gracieux, elle lui fit signe de s'approcher.

– Je ne sais, ma dame, hésita-t-il.

Elle alla s'agenouiller sur une natte de jonc devant la table basse et attendit sans mot dire.

Ils s'observèrent un long moment. Un silence gênant s'était installé entre eux. Le jeune homme le rompit assez brutalement :

– Depuis que nous voyageons, je me demande si, tout comme votre père, vous comprenez notre langue, ma dame ?

Elle inclina la tête, et ses lèvres s'entrouvrirent sur des dents menues comme des perles :

– Je comprends, fit-elle d'une voix bien timbrée. Mais parle… mal.

Un sourire éclaira le visage du jeune Sicilien.

– Mais non, vous parlez très bien. Je… je suis heureux d'entendre enfin votre voix, ma dame. Pendant tous ces mois, j'aurais voulu vous apporter tant de réconfort. Vous, et votre père, venez de si loin, ma dame, que vous êtes, pour moi, comme sortie d'un rêve.

Elle s'inclina à nouveau et posa ses petites mains à plat sur la table, son regard fixé sur lui.

– Pas… père.

– Ce vieil homme n'est pas votre père ?

– Non, moi, première concubine, dit-elle non

sans fierté. Les quatre épouses de mon seigneur trop vieilles pour le voyage.

Le jeune Sicilien se tut, ne sachant plus qu'ajouter. Elle joignit alors les mains et baissa la tête en murmurant :

– J'aimerais…

– Oui ? Quoi donc ? Quelque chose vous manque, ma dame ?

Elle hocha la tête très lentement.

– Dites-moi de quoi il s'agit. Je vous le ferai apporter sur-le-champ, insista Tancrède.

– Pas… apporter.

– Que voulez-vous dire ?

– Je veux là, fit-elle avec un geste gracieux de ses ongles peints vers la lumière de la fenêtre.

– Sortir ?

– Oui, souffla-t-elle en baissant les yeux.

Le jeune homme hocha la tête.

– Je ne peux vous faire sortir, ma dame. Je n'en ai pas le droit.

Tancrède se souvenait de la première fois où il l'avait vue ; c'était au Tiraz de Palerme. Elle et le vieil homme étaient enfermés dans une pièce comme celle-là, et il ne s'était pas posé de questions alors. Mais maintenant qu'il lui avait parlé…

Elle montra à nouveau le ciel par la fenêtre.

Tancrède se rembrunit ; retenir une femme contre son gré n'était point de son goût ni de celui de ses pairs.

Il songeait à ces quatre longs mois de voyage, à ces jours enfermés dans la cabine du navire ou sous la bâche des chariots, à ces nuits sous la tente ; et maintenant, cette nouvelle prison de pierre… Bien sûr, elle n'était ni attachée ni malmenée, mais sa condition valait-elle mieux que celle des captifs de la prison de Palerme ?

– Vous me demandez la seule chose que je ne puis vous accorder, ma dame, dit-il à regret.

Il s'interrompit, conscient de son impuissance. Alfano ne tolérerait jamais qu'elle sorte, il le savait.

Mécontent de lui, il marcha vers la fenêtre.

De là, on voyait l'hostellerie en face et les toits couverts de tuiles et de chaume. Sur le ciel, d'un bleu très pâle, couraient de petits nuages blancs. Au loin, il apercevait la cime d'un grand arbre, déjà paré des pourpres de l'automne.

Tancrède se retourna. Elle avait croisé les bras sur sa poitrine et se tenait très droite sur son coussin. Cette dignité l'émut plus que des larmes ou des prières.

– Ma dame ! balbutia-t-il en s'inclinant. Je vous promets d'essayer. Sur ma foi de chevalier, je vous le promets.

Elle ne bougeait pas.

– Il me faut vous laisser, maintenant, fit le jeune homme. Que Dieu vous garde.

La jeune fille se leva d'un bond, agrippa sa manche et glissa quelque chose dans sa main, lui refermant le poing de ses doigts minces.

– Pour vous… dit-elle.

Abasourdi, le jeune homme hocha la tête et sortit de la chambre.

19

— Messire Galeran, messire Galeran ! fit la voix de frère Thomas.

Le chevalier ouvrit la porte de sa cellule et salua le brave moine.

— Un homme est à la porterie, qui vous mande. Il dit venir de la part de maître Arnaud, trésorier de notre seigneur comte.

— Ah, je vois, je vous suis, mon frère, fit le chevalier.

— C'est celui-là, fit le vieux moine en désignant du menton un gaillard qui allait et venait dans la cour du prieuré, les mains dans le dos, le regard obstinément tourné vers le sol.

Les ayant entendus venir, l'homme leva la tête. Il avait le poil gris et dru, un visage tanné, sillonné de rides profondes. Il marcha vers Galeran, de l'air d'un homme qui n'a guère de temps à perdre.

— Guillaume le Picard, fit-il en s'inclinant brièvement. Vous êtes le chevalier de Lesneven ?

— Oui, maître Guillaume, venez par ici, fit Galeran en indiquant un banc de pierre. Je vous remercie d'être venu si vite. Vous êtes donc marchand, ainsi que me l'a dit le sieur Arnaud ?

L'homme fronça ses épais sourcils et s'assit au côté du chevalier.

— Oui, si l'on veut, fit-il non sans nervosité. Disons que je fais commerce, voilà tout. Bon, mais c'est pas tout ça, que me voulez-vous ?

– J'ai cru comprendre que vous parliez moult langues et dialectes.

– Oui-da, jeta l'homme.

– Si vous parlez celles de Sclavonie, alors j'ai besoin de vous et de l'assurance de votre discrétion.

– Par ma barbe ! fit le Picard en se tournant vers le chevalier, si je m'attendais à ça en venant ici !

– À quoi vous attendiez-vous donc, maître Guillaume ? rétorqua Galeran.

L'homme ne se troubla pas, une ombre de sourire glissa sur son visage buriné et il répliqua vivement :

– J'en sais rien, messire. Seulement, il est peu courant pour un homme de ma condition d'avoir affaire au comte, encore moins de recevoir ses ordres. Et c'est tant mieux, parce que dans ma partie, on s'attend plus à des épines qu'à des fèves. Pour répondre à vos questionnements, je parle le germain, certains patois flamands, italiens et quelques langues de Sclavonie. Enfin… le langage courant et point davantage. Pour acheter des aunes de drap, on n'a pas besoin d'être grand clerc si on sait compter !

Galeran hocha la tête et, posant sa main sur l'épaule de l'homme, répondit :

– Bien, jurez-moi le silence sur tout ce que vous verrez et entendrez ici, maître Guillaume, et vous pourrez bientôt retourner à vos affaires.

– Par Dieu, messire, je suis votre homme, je vous jure de faire silence comme il vous plaira.

Quelques instants plus tard, les deux hommes étaient rendus à l'infirmerie, et le frère infirmier les laissait en compagnie de la petite blessée.

Le Picard jeta un regard interrogateur vers le chevalier, désignant du menton la fillette amaigrie et pâle qui gisait sur la paillasse.

– Vous allez devoir, maître Guillaume, me servir d'interprète, fit brièvement Galeran en s'asseyant sur la paillasse de l'enfant.

Guillaume hocha la tête et, saisissant le tabouret du frère infirmier, le glissa sous lui, sans mot dire.

Il ne semblait point homme à s'étonner facilement.

Galeran aida la petite à s'accoter contre le mur. Elle semblait l'avoir reconnu, et un peu de couleur était venue à ses joues.

– Vous allez mieux, petite damoiselle, fit le chevalier après avoir jeté un bref coup d'œil à ses plaies, qui lui parurent en voie de guérison. Je suis venu avec un homme qui parle votre langue. Voulez-vous nous redire votre histoire ?

La fillette lança un regard timide au Picard puis se tourna vers le chevalier et se mit à parler.

Guillaume hésita un instant, écoutant avec attention ; enfin il rétorqua dans la même langue rauque, répétant au fur et à mesure les paroles du chevalier.

– Quel est ton nom, petite ? demanda Galeran.

– J'ai du mal à comprendre tout ce qu'elle dit, messire, elle a un fort accent… elle dit s'appeler Toïna. Elle vient de Sclavonie, vous aviez vu juste.

– Demande-lui de nous conter son histoire par le menu.

Pendant un temps, le Picard ne dit mot, il semblait absorbé par le récit de l'enfant, puis il reprit la parole.

– Elle habitait dans les montagnes, près d'un bourg du nom de Listica. Son père était cordonnier ambulant. Elles étaient cinq filles. Sa mère est morte quand la cadette est née et, alors, le père a commencé à boire. Il rentrait de moins en moins souvent à la maison et y'avait point à manger tous les jours. L'aînée s'est faite engager comme servante à quelques lieues de là, elle rapportait des provisions une fois par semaine à ses sœurs. Et puis, un jour, le père est revenu. Il était accompagné d'un homme... Je crois qu'elle veut point continuer, chevalier, regardez-la, fit Guillaume.

Les pupilles de la fillette s'étaient étrécies, comme sous l'effet d'une lumière trop vive, et ses mains s'étaient crispées sur l'épaisse couverture.

Le chevalier se pencha vers l'enfant, lui murmurant des paroles apaisantes jusqu'à ce qu'elle le regarde de nouveau.

– Demande-lui qui était cet homme qui est venu ?

– Elle dit, l'homme qui achetait les gens. C'était un marchand de cuir qui passait chaque année dans le pays. Un gars qui faisait tous les villages et connaissait son monde, la parole facile, toujours à offrir du vin aux hommes ou des babioles aux filles. Il cherchait des servantes pour de bonnes maisons, disait-il, et proposait des deniers pour dédommager les parents. Alors, bien sûr, le père les a vendues toutes les cinq, pour quelques chopines.

— Je vois, fit le chevalier.

— Oui, messire, plus encore qu'ici, c'est là-bas pratique courante, vous savez. La misère mène les filles au bourdeau, car les bonnes maisons, y'en a guère, vous pouvez m'en accroire. C'est point des servantes que ce gaillard-là devait vouloir, mais des clostrières.

— Dis-lui de continuer, Guillaume.

Toïna reprit son récit et, pour la première fois, une expression de stupeur se peignit sur le visage du Picard.

— Alors là, j'en avais entendu parler, mais j'y croyais pas. Les gamines ont été conduites avec d'autres à une foire, à l'embouchure d'un grand fleuve.

— Elle peut vous dire où ?

— Non, mais je crois le savoir, car, comme j'vous l'ai dit, j'en ai entendu parler. Le fleuve, ça doit être la Neretva, messire. Il y a par là, dans la ville de Narenta, une foire qui ressemble point à celle de Provins.

— Qui sait ? murmura le chevalier. Dites-lui de continuer.

— On leur a retiré leurs vêtements et c'est là que le marchand de cuir les a laissées. Il est reparti faire sa sale besogne avec, en paiement, un bon poids de sel sur son mulet. Un gaillard les a enchaînées avec des hommes et des femmes et conduites sur une estrade pour la vente.

Les mâchoires du chevalier se serrèrent. Sur la route d'Espagne, il avait déjà vu de ces marchés spéciaux où les vendeurs vantaient les mérites de leur cheptel humain, leur résistance à la faim et au froid, leur endurance au travail… Ce trafic datait des Romains et de bien longtemps avant. On y vendait toutes sortes de créatures misérables, des femmes et des enfants enlevés violemment de chez eux, mais aussi des mercenaires venus d'Afrique pour la guerre et le pillage, des bossus ou des impaludés pour le travail de la mine ou l'assèchement des marais…

– Continue, jeta le chevalier d'un air sombre.

– Une des filles, l'aînée, a été achetée pour un riche Italien, elles l'ont vue partir. Elle m'a dit aussi qu'elle veut que vous sachiez que celle qui est morte était sa cadette.

Avec ses yeux cernés de noir et son teint livide, la fillette faisait peine à voir. Elle murmura trois mots, puis se tut.

– Qu'a-t-elle dit ?

– Qu'elle a peur, messire, c'est tout.

– Dis-lui bien qu'elle est en sûreté ici. Explique-lui qu'elle est dans un prieuré, une enceinte sacrée. Dis-lui aussi que je veillerai moi-même à ce que sa sœur soit enterrée dignement.

– Sa cadette est morte ici, à Provins ?

– Oui. Demande-lui si ses autres sœurs sont venues avec elle.

La fille hocha la tête.

– Dis-lui qu'il faut qu'elle m'aide à les retrouver.

De grosses larmes roulaient maintenant sur les joues de l'enfant, qui marmonnait entre ses dents.

– Elle a peur, messire, elle a bien trop peur pour en dire davantage.

– Il faut qu'elle dorme, le frère infirmier va venir, fit le chevalier en remontant doucement la couverture sous le menton de l'enfant. Venez, maître Guillaume, laissons-la.

– J'suis point si mauvais homme que ça, messire, et j'aime point qu'on touche à des fillettes, dit le Picard. Je reviendrai quand vous voudrez, si ça peut aider.

– Merci, maître Guillaume. Le trésorier du comte m'a dit que vous logiez au *Coq Hardi*, je crois.

– Oui, c'est le nom de mon hostellerie, sinon je travaille avec les Flamands sur la foire. Sans me vanter, vous aurez point de mal à me trouver. Si vous m'allez quérir, tout le monde ici connaît Guillaume !

De retour dans la cellule qu'il occupait, Galeran prit sa tablette de cire et son stylet et s'assit à la table. Il lui fallait mettre de l'ordre dans ses idées.

La pointe de buis s'enfonça dans l'épaisse couche de cire, y laissant l'empreinte des noms qui venaient à l'esprit du chevalier.

Toïna et sa petite sœur, les deux gardes retrouvés morts, Tancrède, Alfano, le comte Henri… figuraient sur sa liste.

Puis le chevalier nota les questions qu'il se posait à lui-même.

Quelles étaient les véritables clauses du traité liant le royaume normand de Sicile et la Champagne ? Des liens existaient déjà, puisque la troisième fille de Thibaud de Champagne avait épousé en 1140 Roger II de Sicile, duc de Pouille, avant de mourir en couches sans lui donner d'héritier.

Mais pourquoi cette nouvelle alliance, et quel était le fabuleux présent qui avait déjà pris deux vies et en coûterait probablement d'autres ?

Enfin, y avait-il un lien quelconque entre cette affaire et le martyre des fillettes ?

Le chevalier leva la tête de son écritoire, il n'avait pas noté la question qui le taraudait et jetait, sur tout cela, une ombre qu'il n'aimait guère.

À quiconque, il n'avait parlé de l'indice qu'il avait trouvé, un indice auquel il n'arrivait à croire mais qui était la seule explication possible de la mort souriante du premier garde.

20

On grattait avec insistance sur la porte de la cellule.

– Messire, c'est moi !

– Entre, Simon, entre, fit le chevalier en effaçant ses notes. Mais où donc étais-tu passé ? Je t'ai cherché, sais-tu ?

– Bien le pardon, messire. J'ai fait un tour au

Val, voir les loges qu'on installait, vous comprenez.

– Tu as un drôle d'air, mon ami, fit le chevalier en examinant le jeune écuyer.

– Non pas, messire, tout va bien, dit le brunet d'une voix mal assurée.

– Je n'ai point dit que tout n'allait pas bien, Simon, j'ai dit que tu avais un drôle d'air, voilà tout. Aurais-tu vu un fantôme, ou quelque démon ?

Simon maudit intérieurement la perspicacité de son redoutable maître et bredouilla :

– Non, messire, non. Au contraire, j'ai visité une fort belle maison.

– Tiens donc, assieds-toi sur ta paillasse et raconte-moi ça.

– Oh, c'est pas très important, messire.

– Tu sais, Simon, que les choses sans importance contiennent souvent vérités profondes. Rappelle-toi les paroles d'Aubert, l'évêque fondateur du mont Saint-Michel : « Dieu a élevé les choses infimes et faibles de ce monde pour confondre les forts et les puissants ! » (Un sourire moqueur se glissa sur les lèvres du chevalier. Il reprit :) Allez, je t'écoute. À qui était donc cette belle demeure ?

Le jeune Simon se redressa.

– Eh bien, à vrai dire… à une dame, messire.

– Par ma foi, mon écuyer, nous ne sommes là que depuis fort peu, que déjà des dames te reçoivent en leur maison. Quel est donc le nom de cette personne si accueillante ?

Une moue déforma la bouche de Simon qui avoua :

– À dire le vrai, messire, je le sais point. Mais c'est la plus belle dame que j'ai jamais vue.

– Et cette belle personne n'avait point de père, de mari ou de frères en sa maison ?

– Eh bien, messire, en fait, elle vit avec d'autres dames… bien belles elles aussi, il faut le reconnaître, quoique pas très bien embouchées.

À la grande confusion de Simon, le chevalier éclata de rire. Quand il eut recouvré son calme, il déclara d'un ton qui se voulait sévère :

– Simon, ne t'ai-je point enseigné qu'en ville étaient des lieux où un jeune écuyer se perdait aussi aisément qu'une aiguille dans une meule, et qu'il fallait y regarder à deux fois avant de s'y perdre ? Tout ce qui brille n'est pas or, mon damoiseau, et vous m'avez l'air d'avoir bien vite perdu l'envers, l'endroit et le reste.

– Je vous assure, j'ai rien perdu du tout, messire, fit le brunet d'une voix tremblante.

– Alors, comment es-tu arrivé en cette maison, dis-moi ? Tu es passé devant la porte et l'on t'a appelé ?

– Oh non, messire, ça je connais. Je suis point si bête, protesta vivement Simon qui commençait à regretter d'avoir parlé. D'ailleurs, la porte de cette maison est mieux gardée que la poterne du château ! C'est un ami qui m'y a conduit.

– Tiens donc, tu t'es aussi fait un ami ? Explique-toi, veux-tu ?

– Il se nomme Coridus, il était à la porte du prieuré ce matin, quand je suis sorti. C'est lui qui m'a présenté à la dame. C'est un drôle ! Il est plus

petit que moi et a déjà l'air vieux comme Mathusa-
lem !

Le gamin se tut et jeta un œil sur son maître qui
n'avait point l'air fâché contre lui. En fait, il semblait plutôt fort intéressé.

Simon demanda doucement :

– Messire !

– Oui.

– Il faut que je vous dise. Cette dame si belle
m'a demandé une chose en prière.

– Je m'y attendais, figure-toi, et quoi donc,
messire mon écuyer ?

– Elle veut vous rencontrer.

– Elle me connaît ?

– Je sais point, messire. Mais j'ai dit que je
vous servais, et elle m'a fait promettre sur ma foi
de vous mener à elle.

– Je ne voudrais pour rien au monde que tu
faillisses à ton serment, dit tranquillement le chevalier, aussi nous irons voir ensemble cette belle
dame. Et maintenant, file, j'ai à faire. Tu devrais te
rendre à l'office. Peut-être as-tu quelques menues
choses à confier à Celui Qui Sait Tout, petit ?

Le brunet, content de s'en tirer à si bon compte,
se leva vivement.

– Oui, messire, j'y cours.

Une fois la porte refermée, le chevalier se pencha à nouveau sur sa tablette en murmurant :

– Un peu de patience, et voilà le diable qui sort
déjà de sa boîte ; comme je l'ai dit à Henri, il suffisait d'attendre sans bouger !

TROISIÈME PARTIE

« *Toujours serons pauvres et nues*
Et toujours faim et soif aurons.
Jamais ne saurons tant gagner
Que mieux en aurons à manger.
Qui vingt sous gagne en sa semaine
Est bien loin d'être hors de peine.

Nous sommes en grande misère
Mais s'enrichit de notre salaire
Celui pour qui nous travaillons
Des nuits grande partie veillons
Et tout le jour pour y gagner.
On nous menace de rouer
Nos membres quand nous reposons,
Aussi reposer nous n'osons… »

Yvain ou le chevalier au lion
Chrétien de Troyes. XIIe siècle.

21

Le soleil perçait à peine la brume matinale que déjà la ville basse résonnait des cris des marchands qui conduisaient en hâte leurs charrois vers l'enclos.

On était le 14 septembre, et les huit jours francs de la foire de Saint-Ayoul allaient débuter.

Précédé des porte-bannières et des hérauts, le long cortège d'Henri le Large et de ses féaux descendait la côte du Murot.

Monté sur un palefroi brun bai richement caparaçonné, le comte de Champagne saluait le petit peuple dont le flot s'écartait prudemment à l'approche du cortège.

Il était vêtu d'un bliaud et d'un manteau de samit vermeil fourré d'hermine, la poitrine ornée d'un grand fermail byzantin orné de pierreries, ses cheveux bouclés ceints de la couronne comtale. De temps à autre, Henri le Large se tournait pour deviser avec l'homme qui chevauchait à ses côtés et qui n'était autre que son compagnon de croisade, Anseau de Rozay.

Derrière eux caracolaient les seigneurs, richement parés, suivis des nobles dames montées sur leurs haquenées. À la fin de la cavalcade se pressaient le maréchal Guillaume le Roi, Milon de Provins, le trésorier Arnaud, le chancelier Étienne et bien d'autres féaux du seigneur comte, puis le prévôt et ses soldats.

Des brassées de fleurs d'automne tombaient en pluie des fenêtres. Des femmes levaient leurs enfançons à bout de bras, tandis que les sifflets et les « hez avant » des bourgeois s'élevaient dans l'air frais du matin.

Des gosses, fascinés comme des papillons de nuit par la lumière, se faufilaient entre les soldats, frôlant le long voile d'une dame, touchant du doigt une selle de cordouan, une sambue recouverte de damas, un étrier d'argent... avant que le plat d'une épée ne les écarte rudement.

Précédée d'une bande de chiens en déroute qui aboyaient furieusement, la cavalcade arriva enfin en vue du portique de la foire. Au sommet des hauts piliers de bois décorés de rubans garance et safran flottait l'étendard du comte. Devant l'entrée, fermée symboliquement par une chaîne, attendaient le prieur Bernard et les moines de Saint-Ayoul.

Henri le Large regardait avec fierté la longue palissade de bois qui enserrait un quartier entier de sa ville.

Il songeait que, dans ce vaste enclos, se dressait ce pour quoi il s'était battu, tout comme son père, pendant des années. Ces foires qui, de Troyes à Provins, en passant par Bar-sur-Aube et Lagny, faisaient la renommée de la Champagne jusqu'aux confins de la Baltique.

Immobile et droit, les mains posées sur le pommeau de sa selle, le jeune comte fixait les loges de planches et de torchis, dont les alignements dessinaient les rues de cette cité éphémère où se rencontraient des Toulousains, des Lyonnais, des Auvergnats, des Germains, des Flamands, des Lombards… une cité qui, bientôt, il l'espérait, réunirait l'Orient et l'Occident.

Le palefroi du comte broncha nerveusement.

À sa droite, une foule de marchands, difficilement contenue par les hommes du prévôt, attendait avec impatience l'ouverture de l'enceinte. Tout autour s'amplifiait le tapage d'une foule de plus en plus nombreuse, de plus en plus excitée.

– Messire comte, messire ! fit la voix pressante du prévôt. On vous attend pour ouvrir.

Le comte hocha la tête sans dire mot et descendit de sa monture, tendant les rênes à son écuyer, avant de se diriger vers le prieur Bernard devant lequel il s'inclina avec respect.

– Que Dieu soit avec vous, mon fils, répondit le vieux religieux en le bénissant.

Sous les vivats de la foule, les deux hommes échangèrent ensuite l'accolade et le rituel baiser de paix. Puis, les sergents ôtèrent la chaîne qui barrait l'entrée de la foire logée.

22

– Par tous les saints, messire chevalier, je ne m'attendais guère à vous voir dans cette presse, fit une voix derrière Galeran.

Le chevalier qui, un peu à l'écart, observait le comte et ses barons reconnut le Picard, son interprète de la veille.

– Bon jour à vous, maître Guillaume.

– Chaque année, observa l'homme en désignant les marchands d'un mouvement de menton, ils sont plus nombreux et l'enclos s'élargit. Au début, la foire se tenait à l'aise sur le pré aux Osches ; aujourd'hui, ils sont près d'un millier et envahissent tout le pourtour de Saint-Ayoul. Bientôt Provins devra s'agrandir pour eux. Après tout, y'a la place alentour !

Le chevalier allait prendre congé quand l'autre lui toucha la manche.

– Messire, j'ai cru comprendre que c'était votre première visite à Provins… n'ayant point à faire ce jourd'hui, me permettriez-vous d'être votre guide ?

– Pourquoi pas ? fit Galeran. Mais vous n'avez donc plus à vous occuper de vos Flamands ?

– Baste, rétorqua l'autre avec un haussement d'épaules, aujourd'hui s'ouvrent les huit jours francs pendant lesquels ils vont s'installer et déballer leurs marchandises. Par l'entremise du prévôt, j'ai pu louer à l'avance quatre belles loges, ils ont une hôtellerie et n'ont donc plus besoin de moi avant le début de la foire aux draps. Alors, si ça vous intéresse, ma proposition tient toujours, messire.

– Et je l'accepte, fit Galeran.

Le visage buriné du Picard se plissa en un semblant de sourire.

– C'est le prévôt qui régit toute la foire, même la location des loges aux marchands ? lui demanda Galeran.

– Oui-da, messire, et c'est pas mince ouvrage. Bien sûr, il a nombreuses mesnies de clercs, de sergents et de commis, mais c'est lui qui est responsable vis-à-vis du comte Henri…

L'homme s'interrompit en voyant la foule s'engouffrer par le portail.

– Venez, chevalier, nous allons emboîter le pas à ces bourgeois. Le prieur va bénir les échoppes une à une, avant de dire la messe sur le parvis de Saint-Ayoul.

– Il est singulier que ces huit jours servent juste au déballage, observa Galeran. D'après ce qu'on m'a dit, nombre de marchands sont arrivés depuis fort longtemps.

– Oui-da, messire, c'est fort vrai. Y'en a même qui font affaire ou qui perdent leurs deniers chez les puterelles et dans les tavernes avant même que d'en gagner à la foire ! Mais la plupart n'ont pas encore pu louer une loge ni même trouver paillasse pour eux et pour les leurs. Pour ceux-là, huit jours, c'est pas de trop ! Et puis leur marchandise est souvent encore sur les prés, dans les charrois. Seuls les habitués ou les plus riches ont déjà fait décharger dans les entrepôts comtaux ou dans les caves du Val.

– Pourtant, c'est pas la place qui manque pour se loger dans toute la ville ou dans les environs.

– Non, messire, c'est pas aussi simple ; une charte du comte interdit de se loger et de transporter sa marchandise en dehors des limites de la foire, tant que tous les entrepôts et les hôtelleries de l'enclos ne sont pas pleins... Le comte aime point que des deniers lui échappent, vous savez. Et y'en a beaucoup qui se sont vus confisquer leurs biens pour n'avoir pris garde à ce commandement !

Tandis qu'ils devisaient ainsi, le Picard se frayait un passage dans la foule, donnant du coude et du genou avec entrain.

Au fur et à mesure qu'il se glissait entre les loges, le Guillaume montrait au chevalier les enseignes délimitant chaque quartier. Ils passèrent ainsi la rue aux Épices, la rue au Change, aux Grains, à la Lormerie, à la Talemelerie... avant d'arriver sur la place du prieuré d'où s'élevaient les voix des fidèles. La messe s'achevait.

Après la bénédiction finale, les badauds désertèrent en hâte l'enclos.

Sergents d'armes, clercs et simples ouvriers se pressaient maintenant dans les étroites ruelles.

Non loin du prieuré, une longue file de marchands et de commis attendait devant la tente rouge du prévôt. À l'intérieur, des clercs s'activaient, et chaque marchand, en échange d'une bourse emplie de deniers, ressortait muni d'un parchemin, dûment paraphé, mentionnant l'emplacement de sa loge et d'un panneau de bois gravé à son nom, à clouer sur ladite loge.

Sur un ordre du prévôt, les sergents laissèrent entrer les premiers charrois en provenance des prés et autorisèrent l'ouverture des entrepôts comtaux.

On commença à décharger la marchandise. Ballots, tonneaux, rouleaux, sacs étaient distribués et rangés dans les baraquements de bois.

Les ordres fusaient, les marchands s'affairaient sur leurs livres de compte, les commis ajustaient les tréteaux, attachaient les auvents de toile, mettaient en place les toises de bois, les trébuchets…

23

Quelques bonnes cruchées de cervoise aidant, Guillaume le Picard, les yeux brillants, devisait familièrement avec le chevalier.

Après avoir parcouru le champ de foire, les deux hommes s'étaient installés dans l'une des nombreuses tavernes de la ville basse.

Située rue des Marais, dans une vieille maison en torchis, la grande salle du *Héron Blanc* était dépourvue de fenêtres et chichement éclairée par quelques lampes à huile. Comme les places à la table d'hôte étaient rares, la clientèle de rouliers, de soldats, de commis et de filles sans vergogne s'asseyait sans façon, à même le sol, sur des nattes de joncs, pour avaler la cervoise qui, d'ailleurs, était fort bonne, ou faire rouler les dés.

Cela sentait la friture de poisson et la sueur, car, là-dedans, tout le monde transpirait à force de boire, malgré le froid et l'humidité qui montaient des marécages tout proches.

– Savez-vous bien, messire, disait sentencieusement maître Guillaume en mordant à belles dents dans un morceau d'anguille fumée, c'est un beau métier que le mien. On en voit du pays, croyez-moi, et des gens de toute sorte. On devient plus goupil que Maître Renart lui-même ou alors, on n'y fait pas long feu, c'est la règle !

Le chevalier qui trempait ses lèvres dans le liquide tiède leva la tête, fixant son interlocuteur.

– Je le crois volontiers, maître Guillaume…

Les éclats d'une violente querelle interrompirent brusquement leur conversation.

Non loin d'eux, entourés par un cercle de curieux, un grand godelureau s'était dressé, tenant à bout de bras un avorton par le collet.

– Face de rat, maudite charogne, tu m'as triché ! hurlait-il en giflant le petit à toute volée.

Des rires éclatèrent dans la salle, des gens se levèrent pour mieux voir, montrant du doigt la petite silhouette torse qui gigotait, les jambes dans le vide.

– Au feu, au feu ! hurlait le nain, à moi la garde !

Et l'assemblée de rire de plus belle.

– Lâche-le ! fit une voix derrière le grand gaillard.

L'homme se retourna, l'œil luisant de colère. Devant lui se dressait le chevalier.

La brute hésita puis ouvrit les doigts, laissant tomber le nain de toute sa hauteur. L'avorton alla rouler sur le sol puis se releva aussitôt et courut se placer derrière le chevalier.

– Et maintenant ? fit le furieux en s'avançant vers Galeran.

– Maintenant, l'ami, tu retournes tranquillement jouer aux dés ou tu tâtes de mes poings, dit posément le chevalier.

Un grand silence régna soudain dans la salle. Le godelureau s'était figé, regardant alternativement le visage décidé de Galeran et sa silhouette puissante. Il recula d'un pas en protestant :

– Il a triché, messire, ces dés étaient plombés, j'vous jure ! Tenez, si vous me croyez pas, j'vas vous montrer.

L'homme se dirigea vers le tapis de jeu, mais les dés et le cornet s'étaient envolés, ainsi que la mise !

Autour de lui fusaient les rires et les quolibets.

Un courant d'air frais fit, tout à coup, vaciller les flammes des lampes à huile. La porte de la taverne se referma avec un bruit discret et le gilain se rua à la suite du nain, en jurant comme un possédé.

Galeran partit d'un bon rire puis s'alla asseoir en face du Picard, qui s'exclama avec un hochement de tête :

– Foi de Guillaume, il le rattrapera jamais ! Je connais le Rat. Il est plus vilain qu'un lépreux mais aussi retors que la sale bête dont il porte le nom. J'crois pas, messire, ajouta ironiquement le Picard, que vous ayez défendu celui qu'il fallait, le grand dadais avait plus besoin de votre bras que le petit.

– Bah, j'ai fait vœu de défendre les faibles, maître Guillaume, si parfois leur faiblesse n'est qu'illusion, peu importe !

– Bon, bon, je voulais pas vous offenser, messire. Revenons à la fillette de l'autre jour, j'ai peut-être un bel et bon marché à vous proposer.

Le chevalier ne dit mot.

– Je crois que je peux vous aider à trouver qui a fait ça, messire, insista le marchand.

Galeran se contenta de hocher la tête en silence.

– Comprenez, continua Guillaume, j'ai repensé à votre affaire pendant la nuit. Moi aussi, depuis que je viens ici, j'ai été dans les maisons de la rue Pute-y-Muce et j'ai usé des filles, même si je les prends point au berceau comme certains. On y va tous, un jour ou l'autre, pas vrai ?

Comme le chevalier ne bronchait pas, l'homme reprit :

– Enfin, mille pardons, chevalier, je voulais pas dire un homme comme vous.

– Continuez, maître Guillaume, continuez, vous m'intéressez fort.

– Des maisons, ici à Provins, y'en a pas tant que ça, et des clostrières non plus ; tout est regroupé dans le quartier des Bordes. Et puis, la plupart de ces fillettes, on les amène pour la foire et on va pas les garder sous clef ; il faut qu'elles rapportent des deniers, et beaucoup, et vite…

– Que me proposez-vous ? demanda froidement le chevalier.

– Moyennant une bourse bien remplie, de faire les maisons en cherchant votre marchandise, si vous voyez ce que je veux dire.

– Je vois très bien, fit Galeran. Vous ne perdez pas votre temps, maître Guillaume, parce que pendant les huit jours francs, votre commerce ne rapporte guère…

– Oui-da, fit l'autre, moi je suis, comme vous dites, un simple commerçant. Et où est le mal si je puis vous rendre service, messire, et faire une bonne œuvre tout en mettant quelques monnaies au chaud sous ma paillasse ?

– En effet, fit Galeran en se levant et en jetant quelques sous sur la natte. C'est pourquoi je n'ai point dit que votre idée ne m'intéressait pas. Venez au prieuré, demain matin, vous interrogerez encore la fillette, et si elle ne nous apprend rien de nouveau… j'aviserai. Bien, je vous laisse. Pour ma part, j'ai assez bu. À vous revoir, maître Guillaume.

24

Le soleil était déjà haut dans le ciel quand, après avoir pris son écuyer au prieuré, le chevalier se présenta au château comtal.

Quand le héraut annonça l'arrivée de Galeran, le jeune comte était en train de raconter une fois de plus à ses féaux le passage de Méandre sous les flèches des Turcs.

– Ah, enfin vous voilà, mon bon ami ! fit-il en interrompant son récit. C'est grand dommage que vous n'ayez pu venir au banquet, les moines de Preuilly nous ont offert du héron, une merveille, et je vous aurais raconté le passage de Méandre !

– Croyez bien que le dommage est pour moi, messire comte, fit Galeran qui avait déjà entendu le fameux récit à de nombreuses reprises.

– Vous connaissez Anseau de Rozay ? dit le comte en désignant le fier seigneur qui se tenait à sa droite. Mon ami, mon frère d'armes, celui qui m'a accompagné jusqu'en Orient et, souvent, m'a fait rempart de sa chair. Il est arrivé de Troyes ce matin, où je l'avais envoyé pour affaires, afin de se joindre à nous.

Anseau de Rozay salua le chevalier. Aussi brun et bouclé que le jeune comte, il avait les yeux verts et un visage altier, aux pommettes saillantes. Contrairement aux féaux qui paradaient autour du Large, sa mise était fort simple, et ses armes n'étaient point d'apparat.

– La vaillance de sire Anseau est connue de

tous, fit courtoisement le chevalier en rendant son salut au compagnon de croisade du comte. Il est peu de Turcs pour avoir échappé à l'ardeur guerrière de son épée.

– Pour moi, messire Galeran, et d'aucuns à la cour de France et d'Angleterre sont du même avis, rétorqua Anseau d'une voix bien timbrée, il apparaît que votre esprit est une arme infiniment plus redoutable que mon épée.

Simon, qui se tenait immobile et droit comme un pin derrière le chevalier, se rengorgea avec fierté à ces flatteuses paroles.

– Anseau a toujours eu la langue aussi aiguisée que l'épée, ce n'est pas une de ses moindres qualités, d'ailleurs.

Le jeune comte éleva la voix :

– Savez-vous, mes beaux sires et vous tous, mes féaux, que j'ai décidé ce jour de vous montrer pourquoi tant de tailleurs de pierre et tant d'ouvriers se pressent ici, sur mon ordre, à Provins.

Un murmure d'approbation parcourut l'assemblée.

– Ah, mon père ! Joignez-vous à nous, voulez-vous, fit le comte en apercevant au milieu des riches bliauds de ses vassaux la robe noire d'un moine.

Le religieux s'avança vivement vers eux. De petite taille, il avait un visage olivâtre aux traits incertains où brillait un regard fureteur d'un bleu glacial.

Il portait élégamment l'habit religieux, avec au cou un sautoir de grand prix et, pendus à la ceinture, une bourse renflée et un poignard au pommeau orné de pierreries.

– *Multi sunt vocati, pauci vero electi !* Beaucoup sont appelés, mais peu sont élus, messire comte, c'est un grand honneur, fit le moine en s'inclinant très bas devant Henri.

– Messire Galeran, vous connaissez le père Nicolas ? fit le comte.

– Je connaissais un moine Nicolas, et j'avais quelque peine à me souvenir de la couleur de sa robe, répondit le chevalier non sans humour.

– *Adhuc sub judice lis est*, hélas, le procès est encore devant le juge, messire Galeran. Ne soyez point cruel, j'ai payé mes erreurs de jeunesse et maintenant, grâce à la bonté du comte et à la providence divine, je peux enfin regagner le siècle. Je suis, je le confesse, « pécheur par la vie et moine par l'habit ».

– Il est vrai, fit le comte, que j'apprécie tant les talents du père Nicolas que, depuis qu'il est revenu parmi nous et a repris la robe noire de Montiéramey, je l'ai placé à la tête du prieuré de Saint-Jean-au-Châtel à Troyes, et n'ai qu'à m'en louer.

– Tiens donc, chevalier, insista le moine d'une voix mielleuse, je vois à votre mine que vous n'approuvez guère les décisions du comte.

– Il ne m'appartient pas, frère Nicolas, et vous le savez, de discuter le bien-fondé des choix du comte Henri.

– C'est vrai, c'est vrai, fit le moine en se frottant les mains l'une contre l'autre. *Non licet omnibus adire Pruvinum,* pour paraphraser nos amis les

Grecs ; il n'est pas donné à tout le monde d'aller à Provins. Alors *carpe diem*, sire Galeran, la vie est courte, il faut se hâter d'en jouir.

– Quoi que vous fassiez de votre vie, mon frère, rétorqua en souriant le chevalier, *vulnerant omnes, ultima necat*, toutes les heures blessent, la dernière tue !

– À jouteur, jouteur et demi, frère Nicolas, fit le jeune comte, qui s'amusait fort de l'échange.

Puis, prenant le bras du religieux, il ajouta en l'entraînant :

– J'ai promis à cette digne assemblée un spectacle de roi. Venez, mes amis, venez, suivez-moi.

– Messire Galeran, fit Simon en emboîtant le pas du chevalier, qui est ce drôle de moine qui porte coutel d'orfèvre et collier de prince ?

– Un personnage bien singulier, mon jeune ami, et le plus étonnant est de le voir tout à coup surgir ici, à la cour de Champagne, fit Galeran à mi-voix. Après avoir porté la robe noire des moines de Montiéramey, ce moine Nicolas avait rejoint Bernard de Clairvaux et pris la robe blanche des cisterciens. Malheureusement, si l'homme était intelligent et fort instruit, il aimait trop le pouvoir. Il a fini par voler le sceau de Bernard de Clairvaux pour sceller des lettres qu'il rédigeait à son insu, en ses nom et place. Bernard l'a démasqué et il a été dénoncé au pape, comme Judas. Puis il a disparu, et les années ont passé. La mort de Bernard de Clairvaux, l'année dernière, a, semble-t-il, fait ressortir le loup du bois.

– Mais s'il en est ainsi et qu'il veut le mal à son prochain, pourquoi le comte le garde-t-il près de lui ? dit naïvement Simon.

– Disons que c'est pour ses distingués talents de latiniste… du moins je l'espère, répliqua Galeran d'un air sombre.

25

À la mort de son père, en 1151, Henri le Large avait décidé de construire églises et palais dans son fief de Troyes ainsi qu'à Provins, où il aimait souvent à séjourner.

C'est sur la falaise, près de l'ancien château, que les travaux occupaient le plus grand nombre d'ouvriers.

Tout au bout de l'éperon rocheux dominant la basse ville, le comte de Champagne faisait ériger son palais. De là, son regard pourrait survoler le val et les coteaux environnants.

Non loin du palais comtal devait se dresser l'église Saint-Quiriace, patron des drapiers. Déjà le déambulatoire, le chœur et les chapelles sortaient de terre et les chanoines y officiaient.

Mais ce que l'on allait voir de fort loin, et selon le vœu du comte, était une large et haute tour – que d'aucuns appelleraient plus tard la « Tour aux Prisonniers » et même la Tour César –, que les Provinois, à l'époque, nommèrent la tour d'Henri.

La longue file des seigneurs et des dames emboîta le pas à Henri le Large, qui leur fit visiter l'ébauche de son palais et de la chapelle, dont les murs s'élevaient déjà vers le ciel.

Au milieu de nuées de poussière blanche s'activaient des imagiers, des tailleurs de pierre, des maçons. Il restait encore à faire un travail considérable.

– Tiens, regardez qui voilà ! s'exclama le jeune comte. Maître Haganon de Reims, mon maître d'œuvre ; justement, Galeran, je voulais vous le faire rencontrer. Je sais que tout ce qui touche à l'art de « jométrie » vous intéresse.

– C'est vrai, messire, fit le chevalier en regardant s'avancer vers eux un homme dont il devait garder longtemps le souvenir.

Haganon de Reims était grand et mince et portait la haute canne, insigne de son rang d'architecte. Même s'il était d'aimable tournure, l'homme était surtout remarquable par la perspicacité de son regard et la vivacité de ses gestes.

– Ah ! Haganon, enfin vous ! fit le comte avec satisfaction. Les travaux avancent vite et bien. Si nous allions visiter l'autre chantier ? Le chevalier Galeran et tous mes féaux, ici présents, sont fort pressés de découvrir ce dont je leur ai tant parlé, ma fameuse « Tour ».

Un bref instant, le regard du maître d'œuvre s'attarda sur le chevalier, puis il s'inclina sans mot dire devant le comte de Champagne.

– Je suis à votre service, noble sire.

Se tournant vers Galeran, Henri ajouta :

– Maître Haganon est un homme précieux, et je lui fais entière confiance. Il veille à tout ici, et personne ne connaît mieux Provins que lui, même sous la terre.

– Sous la terre ?

– Oh ! fit Haganon, sa Seigneurie sait que j'ai dû extraire tant de pierre de ces falaises qu'elles en gardent le souvenir, et moi aussi.

Le chevalier fit un signe d'approbation puis appela Simon, qui se tenait un peu à l'écart avec d'autres écuyers.

– Viens-ci, mon fils. Retourne au prieuré. Je te rejoindrai d'ici peu.

– Bien, messire, fit le jeune garçon avant de se glisser parmi les seigneurs et de s'éclipser.

– Belles dames, beaux sires, fit Haganon d'une voix forte. Suivez-moi, je vous prie. Et restez groupés, il y a toujours danger de chutes de pierres ou d'outils.

Quelques instants plus tard, l'assemblée déboucha sur une large esplanade.

Devant elle, sur une motte artificielle entourée d'un fossé, s'élevait le donjon. Au sommet de la motte était une enceinte crénelée qui s'ouvrait par une tour porte, desservie par un escalier.

C'est par ce « Degré de la tour » qu'entrèrent, les uns derrière les autres, les nobles visiteurs.

Sur un signe du maître d'œuvre, le silence se fit sur le chantier. Les ouvriers posèrent leurs outils et se rendirent dans les échafaudages ou sur les passerelles pour observer les seigneurs et les dames qui les venaient visiter.

– Auparavant se dressait ici un petit donjon qu'avait fait édifier mon père, dit le jeune comte en passant devant le chevalier.

Une fois arrivé en haut de la tour, le maître d'œuvre se retourna.

– Pour l'heure, fit-il, seuls les deux premiers étages du donjon sont terminés. Le premier, de plan carré, se poursuit par un octogone flanqué de quatre tourelles. Un pont volant permet de passer de la tour porte jusqu'à l'une d'elles.

Un sourire se dessina sur les lèvres du comte. Il vint vers le chevalier qui était demeuré à l'écart.

– Alors, comment trouvez-vous mon donjon, Galeran ?

– Symbolique, messire, symbolique ! dit le chevalier à mi-voix.

– Que voulez-vous dire ? fit Henri en fronçant les sourcils.

– Il représente à merveille, messire comte, votre puissance face au roi de France mais aussi face à vos ardents vassaux.

– Symbolique ! Au fond, le mot me plaît ! Symbolique… mais peut-être plus pour longtemps !

Un grand rire secoua le comte qui assena une bourrade amicale dans le dos du chevalier.

La visite reprit. L'assemblée des visiteurs montant vers le second étage.

Arrivé en haut du donjon, Galeran passa discrètement sur un léger échafaudage extérieur et s'alla accouder à une rambarde de bois.

À l'ouest s'étendait l'épaisse forêt qui séparait

le comté de Champagne du royaume de France. Tout autour de la ville, les paysans défrichaient, mettant de nouveaux essarts en culture. Sur les coteaux paissaient de grands troupeaux de moutons.

Au nord brillait la rivière du Durteint qui longeait la falaise avant de traverser la basse ville.

– Vous n'êtes point sujet au vertige, messire ? fit une voix que Galeran reconnut tout de suite.

– Non, messire Haganon, fit le chevalier sans se retourner. Savez-vous que vous faites là un ouvrage admirable ?

– Vous me flattez, chevalier, fit Haganon en s'accoudant à côté de Galeran. D'autant que le comte m'a dit que vous avez connu bien des architectes de renom, dont un maître d'œuvre de mes amis, Thiberge de Soissons [1].

Le chevalier regarda son voisin avec étonnement.

– Oui, à Chartres, c'était il y a bientôt dix ans.

– Nous aurions pu nous y rencontrer, messire, car j'y suis passé peu de temps après vous et, à l'époque, nul n'ignorait votre tragique aventure. Vous avez failli y laisser la vie.

– *Ita diis placuit*, ainsi il a plu aux dieux. Je crois que le comte vous appelle, ajouta Galeran en entendant la voix d'Henri.

– J'y vais. Nous nous reverrons bientôt, j'espère, messire.

1. Voir *Bleu Sang*.

– Rien n'empêche, et cela sera un honneur, maître Haganon.

– À bientôt alors, messire Galeran, soyez prudent surtout, les passerelles sont dangereuses et, à cette hauteur, vous le savez, les chutes sont mortelles… recommanda Haganon avant de disparaître dans le donjon.

26

Il faisait déjà presque nuit et l'office de none sonnait au clocher de Saint-Ayoul, quand le chevalier se fit ouvrir la poterne du prieuré.

À peine entré, il comprit que quelque chose n'allait pas.

Simon était assis sur le banc de pierre de la porterie, la tête dans les mains. Galeran alla à lui et lui posa la main sur l'épaule.

– Eh bien, mon écuyer, que se passe-t-il donc qui vous mette en tel état ?

Le jeune garçon releva la tête, et son visage chiffonné s'éclaira à la vue de son maître.

– Ah, messire, messire, comme je suis content de vous voir, il est arrivé un grand malheur et je ne savais que faire.

– Parle, que se passe-t-il ?

– C'est la petite, messire…

– Viens-en au fait, son mal l'aurait-il repris ?

– Non pas, messire, c'est pire que ça, elle est

plus là ! Après vous avoir quitté à vêpres, je suis revenu ici comme vous me l'aviez ordonné, et ben, y'avait plus personne !

– Morgué ! s'exclama le chevalier. Et depuis combien de temps ?

– Je ne sais point trop, messire, c'est le frère infirmier qui saura vous en parler.

Le chevalier jeta un coup d'œil au moine qui se tenait près du guichet.

– Quand tu es revenu après vêpres, c'est ce frère qui était là ? demanda-t-il à Simon.

– Non pas, messire, c'était le bon frère Thomas, comme d'habitude. Celui-là vient juste de le remplacer.

– Bien, mets-toi en quête de Thomas, et rejoignez-moi tout de suite à l'infirmerie.

– Oui, messire, fit Simon qui se leva prestement.

Aux coups donnés sur le vantail, le frère infirmier ouvrit la porte et s'effaça pour laisser passer le chevalier.

– Ah, c'est vous, fit-il la mine piteuse. Entrez, messire, je vous prie. Votre écuyer vous a tout dit ?

– Oui et non, mon frère, fit Galeran en jetant un rapide coup d'œil autour de lui.

Sur la paillasse, les couvertures étaient pliées, et aucune trace ne subsistait de la petite occupante. Vous allez me racontez ce qui s'est passé ; mais d'abord, avez-vous touché à quelque chose ?

– Non, à rien, messire, je vous assure.

– Bien, bien, alors racontez-moi ce que vous

savez, fit Galeran en allant à la paillasse qu'il inspecta soigneusement avant de la soulever.

– Je lui ai donné un bol de bouillon après l'office de none, fit le moine qui ne quittait des yeux le chevalier. Elle était bien tranquille et semblait aller beaucoup mieux. L'après-midi, il fallait que je parte à l'hôtel-Dieu et, quand je suis revenu, l'infirmerie était vide et dans l'état que vous voyez.

– Mais comment cette petite a-t-elle fait pour ouvrir la porte ?

– Je vous ai désobéi, messire, je ne l'avais pas enfermée à clef comme vous me l'aviez dit, avoua le moine. Elle avait l'air si faible quand je l'ai quittée.

– Bon, ce qui est fait est fait, mon frère. Qu'avait-elle comme vêtements ?

– La chainse de laine, la ceinture et les socques que vous lui avez donnés, messire, c'est tout.

– C'est mieux ainsi, murmura le chevalier.

– Que voulez-vous dire ? demanda le moine.

– Je pense, mon frère, que la petite est partie de son plein gré. Ce lit bien fait, ces couvertures pliées, ses affaires disparues…

On frappa à la porte qui s'ouvrit devant Simon et le frère Thomas.

– Ah, chevalier, fit le vieux portier en venant à Galeran dont il saisit les mains, votre écuyer m'a dit pour la pauvrette…

– Oui, frère Thomas. J'ai besoin de votre aide pour savoir si vous ou quelqu'un d'autre l'avez vu sortir du prieuré.

– Non pas, messire, mais avant vêpres, les ser-

vantes et les serviteurs du prieuré sont sortis. Le
père leur avait permis de s'en aller plus tôt ce jour,
à cause de la foire. Elle a pu se glisser au milieu
d'eux sans que ni moi ni quiconque ne s'en aper-
çoive.

– Bien, posez quand même la question autour
de vous, y compris, demain, aux servants ; et si
vous apprenez quelque chose, prévenez-moi. De
mon côté, je ferai part de tout ceci au prieur.

27

Le lendemain matin, l'une des servantes
confirma avoir rencontré dans la cour du prieuré
une enfant ressemblant à Toïna. Elle l'avait remar-
quée car elle se tenait muette et silencieuse au
milieu des autres et n'avait répondu à son salut que
par une brève inclinaison de tête ; et puis, personne, parmi les serviteurs, ne semblait la
connaître.

Une fois dehors, la petite avait regardé autour
d'elle puis était partie sans hésiter vers la ville
haute. La servante l'avait perdue de vue rue Froidmantel. Elle n'en savait pas plus.

Deux jours plus tard, alors que nul n'avait revu
l'enfant, un sergent se présenta avant prime à la
porterie du prieuré ; il demandait après le chevalier
de Lesneven.

L'homme d'armes venait de la part du prévôt Foucher, qui attendait Galeran au quartier des teinturiers. Il n'en pouvait dire davantage, et le chevalier, suivi de Simon, lui emboîta le pas en silence.

Après avoir traversé le pont Pigy, sur le Durteint, les trois hommes obliquèrent vers de pauvres maisons de torchis serrées les unes contre les autres.

Devant eux, cerné par les marécages, s'étendait le quartier des teinturiers. Là se pressait une foule de tâcherons, de femmes et d'enfants aidant au mordançage, au rinçage ou à la teinture des grandes pièces de tissus.

L'écuyer, qui ne connaissait pas ce quartier de Provins, regardait avec étonnement cet enchevêtrement de baraques de planches grisâtres, de ruelles étroites, et ces cuves géantes emplies de garance, de jaune soleil, de vert tendre et de bleu ciel.

– Venez, messire, c'est par ici, fit le sergent. On m'a dit de vous conduire chez les teinturiers du « ners ». Attention, poussez-vous !

Un homme au corps arc-bouté, la tête enfoncée dans les épaules, passa devant eux, poussant péniblement une charrette à bras, chargée à ras bord de bouse de vache.

Simon se tourna vers son maître.

– Qu'est-ce que c'est, messire, le « ners » ? Et que font-ils avec toute cette bouse, ces gens ?

– Le drap ners est un drap bleu nuit que l'on fait ici, à Provins ; quant à la bouse de vache, mon jeune ami, tu sais bien qu'on se chauffe avec. De plus, certaines femmes l'utilisent pour leurs cheveux ; et elle sert aussi à donner de la vigueur au drap. Bien, maintenant que ta curiosité est satisfaite, fais silence, je te prie !

Le visage du chevalier était sévère et Simon, optant pour une position de repli, passa derrière lui en marmonnant :

– Ah ! Les femmes, qu'est-ce qu'elles n'inventent pas ! Les cheveux ! Pouah ! Avec une odeur pareille, ça pour sûr que ça doit être vigoureux !

Voulant éviter un gamin qui dévalait la rue en courant, le brunet glissa dans la boue et se rattrapa de justesse à un grand baquet, d'où s'élevait une forte odeur de pissat.

Il essuya ses braies souillées et fronça les sourcils en déchiffrant l'écriteau de bois qui pendait au-dessus d'un bassinet posé à ses pieds, devant la cuve :

« Passant, arrête-toi et urine ici ! »

– Ben quoi, mon gars, tu sais pas lire ou t'as pas reconnu le parfum ! fit un vieil homme en s'approchant de lui, t'as l'air tout ébaudi, c'est que le pissat d'homme est meilleur que celui des chevaux pour mordancer, voilà tout ! Alors te gêne pas, vas-y !

Et le vieux, baissant ses braies, pissa aussitôt dans le bassinet qu'il vida ensuite dans la cuve.

– Euh... bien non, c'est que pour l'heure, j'ai pas vraiment envie. Je suis avec le chevalier, là-bas, fit Simon en s'apercevant que Galeran et le sergent d'armes avaient rejoint un attroupement, non loin des cuves de teinture. Mais la fois prochaine, ça sera avec plaisir !

Autour d'une cuve aussi haute qu'un foudre de vin, hommes et femmes du quartier s'étaient rassemblés, arrêtant le travail.

Les manches relevées, les chainses et les braies souillés, ils scrutaient la passerelle au-dessus de leur tête. Leurs visages étaient graves et ils murmuraient entre eux que l'un des leurs était mort.

Là-haut se tenaient le prévôt Foucher et un autre homme, revêtu du large tablier des teinturiers.

Le soldat qui gardait l'échelle écarta sa javeline, laissant passer Galeran.

– Salut à vous, messire de Lesneven, fit le prévôt en l'apercevant. Je crois que j'ai trouvé ce que vous cherchiez. Regardez. Bien sûr, la couleur a changé, mais...

Galeran écarta brutalement le prévôt. Le corps de Toïna gisait dans une mare de teinture noire, ses cheveux épars, la tête pendant anormalement sur le côté, de larges estafilades perçant sa chainse de toile.

Très pâle, le chevalier s'agenouilla près de l'enfant. Il essuya doucement le visage noirci avec un coin de son mantel, lui ferma les yeux et resta un long moment ainsi, immobile, le regard fixé sur les traces de coutel qui avaient déchiré la chair et sur la nuque brisée de l'enfant. Puis il fit, pour lui seul, un serment :

– Foi de chevalier, celui qui t'a fait ça paiera

son écot au centuple, petite, et je retrouverai les tiens, même si je dois fouiller une à une les masures de cette ville maudite ! Qui l'a trouvée ? gronda-t-il en se relevant et en se tournant vers les deux hommes qui étaient restés à le regarder en silence.

– C'est moi, messire chevalier, fit l'homme au tablier en s'avançant d'un pas. Je me nomme Jehan et suis maître teinturier du ners. J'ai préparé ma cuve hier et, ce matin, en l'allant voir, j'ai trouvé ceci par terre, près de l'échelle. (L'homme tenait à la main un des socques de bois de l'enfant.) J'ai tout de suite pensé à un malheur. Vous savez, ça arrive trop souvent que nos petiots aillent jouer là où c'est défendu et se noient. Je suis donc monté avec une gaffe, elle était déjà morte et flottait là-dedans, la pauvrette. Quand j'ai vu qu'elle portait des traces de coutel, j'ai aussitôt prévenu messire prévôt. Voilà, c'est tout.

– Eh bien, chevalier, fallait pas vous fâcher, fit le prévôt en s'approchant de Galeran et en lui posant familièrement la main sur l'épaule, on en voit tellement, vous savez !

– Tellement de quoi ? fit sèchement le chevalier en se dégageant.

– Enfin, je veux dire… c'était qu'une pauvresse, une petite rien du tout, comme y'en a tant !

– Une rien du tout ? Et vous pensez donc, messire prévôt, qu'elle n'était plus qu'un corps dépourvu d'âme, c'est cela ? fit le chevalier en le foudroyant du regard.

L'homme baissa la tête en grommelant :

– J'ai pas voulu dire ça. Bon, je vais prévenir l'autorité, il faut que je vous laisse. Si vous en êtes d'accord, mes hommes vont la porter à la prévôté.

Galeran hocha la tête et descendit à son tour, retrouvant son écuyer au pied de l'échelle.

Le jeune garçon ne disait mot, il regardait les hommes d'armes qui faisaient glisser jusqu'au sol le petit corps de l'enfant.

À sa vue, les murmures se turent parmi les ouvriers. Les hommes serrèrent les poings, les femmes tombèrent à genoux en se signant.

Les soldats posèrent Toïna sur une civière de fortune, qu'une ouvrière recouvrit d'un vilain morceau de drap.

Simon se signa lui aussi, le cœur lourd, pensant que celui qui avait pu faire ça ne méritait pas le nom d'homme.

Puis, tous s'écartèrent, laissant passer les soldats. Maître Jehan rappela son monde au travail, et l'attroupement se dispersa lentement, les pauvres gens jetant des regards furtifs vers le sinistre cortège qui s'éloignait vers la haute ville.

28

Galeran marchait à grands pas sans dire mot. Depuis qu'avec Simon ils avaient quitté le quartier des teinturiers, il essayait de reprendre son calme et de réfléchir posément. Il se demandait surtout s'il fallait voir dans tous ces meurtres le résultat d'une seule et même conjuration et, si c'était le cas, quelle pouvait bien être son ampleur.

Finalement, le jeune Simon avait sans doute posé la question la plus pertinente : « Pourquoi le comte Henri gardait-il à ses côtés des hommes aussi douteux que le moine Nicolas ? »

En voilà un qui savait conspirer et trafiquer dans l'ombre… Et puis, à force d'affirmer ouvertement sa volonté de suprématie, le Large ne se faisait-il pas sans cesse de nouveaux ennemis, plutôt que des alliés ?

Le chevalier se prit à étudier la conduite du jeune comte. Si on disait que la folie de la « pierre » était la maladie du siècle, c'était indéniablement le Large le plus atteint ! Les travaux qu'il avait entrepris semblaient demesurés, ses ambitions aussi… Mais où puisait-il donc les deniers ?

Enfin, pourquoi l'avait-il fait quérir ? Quel rôle véritable prétendait-il lui faire jouer, à lui, Galeran, dont il connaissait la droiture ?

Soudain, il s'arrêta si brusquement que le jeune garçon vint se cogner contre lui.

— Simon, fit le chevalier, nous n'avons que trop tardé, ta belle dame doit s'impatienter, conduis-moi vers elle !

— Mais quoi, messire ? bredouilla le brunet. Maintenant ? Alors que nous venons de retrouver la petite ? Je croyais que vous vouliez rentrer au prieuré ?

— Eh bien, Simon, je ne le veux plus, le temps

presse ! Passe devant et guide-moi. Où m'as-tu dit que c'était, déjà ?

– Pas très loin d'ici, messire, rue d'Enfer, si je me souviens.

– Joli nom que voilà, au pied de la côte du Murot. Mais dis-moi, ta belle n'est donc pas dans le quartier des Bordes, rue Pute-y-Muce comme les autres ?

– Messire, elle n'est point comme les autres, vous savez ! protesta Simon, le rouge lui montant au front.

– Raison de plus pour l'aller voir, fit le chevalier.

Quelques instants plus tard, les deux hommes se présentaient à la porte de la rue d'Enfer.

Le chevalier frappa à grands coups sur le vantail jusqu'à ce qu'apparaisse un œil inquisiteur dans le judas.

– Ta maîtresse me veut voir ; ouvre et annonce Galeran de Lesneven ! ordonna le chevalier.

Aussitôt le vantail s'ouvrit sur l'antichambre aux murs de cordouan rouge, et l'homme armé qui se tenait au guichet referma, tira les verrous et s'inclina très bas devant le chevalier.

– La maîtresse vous attend, messire, mais j'ai des ordres, elle veut vous voir seul, le petit devra patienter ici.

– Le petit ! Mais… protesta Simon.

– Reste ici, mon écuyer, intima Galeran. Je n'en ai pas pour longtemps. Toi, l'homme, passe devant.

Le chevalier emboîta le pas au portier, qui traversa le patio et alla ouvrir la porte de la grande chambre aux dalles jonchées de peaux de bêtes.

Assise sur des coussins multicolores, la femme, enveloppée de la tête aux pieds de voiles blancs, attendait, immobile, éclairée par la douce clarté du soir qui venait du jardin.

Dans son giron était blotti quelque chose, que le chevalier prit tout d'abord pour un petit chat.

Il s'aperçut bientôt que c'était en réalité un de ces minuscules marmousets que les dames et les petites filles aimaient traiter comme de véritables enfançons.

Celui-là portait une courte robe de brocart rouge dont dépassait sa longue queue soyeuse.

Sa taille était entourée par une fine chaîne dorée dont l'extrémité reposait dans la main de la femme.

Il regardait fixement Galeran de ses yeux jaunes et ronds, tout en montrant les dents sous ses babines retroussées.

– Ma dame, fit le chevalier en s'avançant vers l'inconnue, vous m'avez fait mander. Je suis là.

Elle ne bougea pas, et un petit rire perlé s'éleva de dessous les voiles, un rire dont la sonorité éveilla un vague souvenir chez le jeune homme.

– Ai-je eu l'honneur de vous rencontrer déjà, ma dame ?

– Je ne sais si c'est un honneur, chevalier, fit la femme en riant plus fort. Mais oui, vous me connaissez, je portais cette même couleur quand nous nous sommes quittés. Souvenez-vous, la couleur des veuves et celle de la résurrection.

Comme le chevalier ne disait mot, elle ajouta :

– Ce jour-là, vous m'avez dit que j'étais belle, comme une nymphe.

– Mahaut [1] ! s'exclama le chevalier. Mahaut, la Chartraine, vous ici !

En un éclair, Galeran revit l'épouvantable tragédie de Chartres, neuf ans plus tôt, la terrible ordalie des flammes et cette femme si ambiguë, cette femme qui l'avait tant dérouté et qu'il avait crue coupable de tous les crimes !

Mahaut ôta d'un geste gracieux le voile qui cachait ses traits.

– Maintenant, messire Galeran, je sais ce que sont les nymphes. Est-ce que je leur ressemble encore ?

Elle avait toujours son petit air candide et rusé à la fois, ce nez droit et ses yeux étranges, un peu globuleux. Non, elle n'avait guère changé. Le temps n'avait fait que figer sa beauté, en lui enlevant ce qu'elle avait jadis de passionné.

Il murmura :

– Filles de Jupiter et nées au ciel, elles sont venues sur Terre sous forme de pluies et habitent les forêts, les sources, les prairies, les fleuves… Oui, Mahaut… vous leur ressemblez, autant qu'une femme puisse égaler une divinité.

– Venez vous asseoir près de moi, messire, fit Mahaut, visiblement satisfaite de l'hommage.

Avisant un tabouret, le chevalier obéit, s'asseyant toutefois à bonne distance de son hôtesse.

1. Voir *Bleu Sang*.

Mahaut arrangea ses longs cheveux noirs autour d'elle, caressa le petit singe qui gardait toujours ses yeux luisants, comme deux petites lampes, tournés vers le chevalier.

– Allons, Mahaut, racontez-moi, fit Galeran au bout d'un court silence ; la dernière fois que je vous ai vue, vous alliez épouser un riche orfèvre et mener une vie bourgeoise en la bonne ville de Chartres.

– Eh bien, cela ne s'est point fait ! Six mois après les noces, j'étais veuve.

– Encore ?

– Oh, il n'était pas de la première jeunesse… disons qu'il est mort par l'excès de plaisir que je lui donnais, dit-elle en glissant vers Galeran un regard entendu. Enfin, une fois de plus, je me retrouvais seule, et les langues se sont remises à marcher. Partout, dans la ville, on disait que j'étais une vagabonde, que je faisais la vie et j'en passe ; seulement, j'étais devenue riche, très riche même…

»Vous vous souvenez peut-être de mon vieil ami et client, maître Giffard, le marchand d'épices de Saint-Gaudens ? C'est lui qui m'a conseillé de ne pas m'obstiner et de quitter Chartres. Il avait repéré à Provins cette maison où nous sommes et qui était à vendre. Grâce à son habileté, je l'ai acquise à bon compte et en ai fait ce que vous voyez. Un petit couvent, en somme, dont je suis la mère supérieure ! Je vous l'avais bien dit, chevalier : catin je suis, catin je resterai ! Remarquez, ma maison a bonne réputation et mon commerce est prospère. Ma clientèle vient du haut du panier, même pendant les foires qui troublent un peu nos habitudes.

– Je vois, dit le chevalier en souriant, mais pouvez-vous me dire, Mahaut, comment vous avez appris ma venue à Provins et pourquoi vous m'avez mandé de si curieuse façon, car je ne pense pas que mon écuyer ait été conduit ici par hasard.

Mahaut prit un air modeste.

– Vous savez, on ne tient pas une maison comme celle-ci sans que le prévôt et ses sbires s'en mêlent. Lui et ses hommes sont de fameux lapins, et mes filles les paient en nature…

– Et en renseignements ?

– Disons que nous échangeons des renseignements… et que j'en sais plus long sur le pays que le Large lui-même !

– C'est dangereux, Mahaut, fit Galeran, il est mauvais d'en savoir trop sur les gens, surtout quand il s'agit de notables.

– Peut-être, mais c'est si amusant. Vous ne me croirez pas, je mène maintenant une vie si chaste que je m'ennuie, même en comptant mes richesses… (Elle ajouta, en regardant le chevalier avec son air candide :) Mais je n'ai pas oublié la dette que j'ai envers vous. Et si je vous payais à ma manière, ici et maintenant, chevalier, que diriez-vous ?

Galeran murmura :

– Je tricherai en disant que vous ne me plaisez point, Mahaut. Mais je viens de faire un serment que je veux honorer et n'aurai de repos ni de plaisir avant.

– Oh vous ! s'exclama Mahaut avec dépit. Il est vrai que vous ne changez guère. Je vous ai connu, jadis, chassant la vérité comme un épervier sa proie et, aujourd'hui, vous faites de même. Quel est-il donc, ce serment fatal ?

– Fatal est le mot juste, Mahaut. J'ai besoin de votre aide.

– Mon aide ?

– Oui, votre aide. L'aide d'une femme influente dont, jadis, j'ai pu apprécier la finesse de jugement et le courage.

La belle fit un petit geste de la main, comme si elle chassait quelque insecte importun, puis dit de sa petite voix monocorde :

– Vous n'avez point tort, chevalier. Mais offreznous à boire tout d'abord, et après, à mon tour, j'écouterai votre histoire.

Galeran se leva et alla chercher une carafe et deux hanaps posés sur une table basse.

– C'est du saint-pourçain, j'espère que vous l'aimerez, fit Mahaut en faisant couler le liquide d'un beau rouge rubis dans les coupes d'argent.

Le chevalier huma son verre et le leva en l'honneur de son hôtesse.

– À vous, belle Mahaut ! Que Dieu vous ait en sa sainte garde.

La femme renversa un peu du liquide rouge comme du sang sur le sol dallé.

– Aux dieux anciens, messire, les seuls qui aient ma faveur.

Elle but son vin à petites gorgées, sans quitter le chevalier des yeux, puis lança :

– Je vous écoute.

Et Galeran lui conta l'histoire de la petite Toïna jusqu'à sa fin cruelle.

– Voilà, c'est tout ce que je sais, dit-il en plantant son regard dans celui de Mahaut, qui se détourna pour caresser son petit singe.

– Qu'attendez-vous de moi, messire ? Je n'utilise pas de fillettes. Pour satisfaire les besoins des notables et des marchands, j'ai des filles robustes, bien nourries et bien payées, point de ces enfants fragiles qui meurent sous l'étreinte, ne connaissent point le métier et se font engrosser.

– Je veux savoir qui peut être derrière tout ça.

– Qui ? Qui ? Mais pourquoi voulez-vous que je le sache ? s'exclama violemment la jeune femme en se redressant.

Effrayé, le marmouset sauta sur le sol, s'allant réfugier en hâte près du chevalier.

– Allons, Mahaut, ne vous échauffez pas, fit Galeran en ramassant le petit animal qui se blottit craintivement sous son bliaud, cela ne vous ressemble guère.

Le sourire candide réapparut, comme par magie, sur le visage de Mahaut.

– Que savez-vous de ce qui me ressemble, messire chevalier ? Toujours aussi sûr de vous, n'est-ce pas, comme à Chartres ?

Le chevalier se rembrunit.

– Vous savez être cruelle, ma dame. Tenez, reprenez ce gentil compagnon, je vais vous laisser.

– Ah non ! Pas comme ça, pas maintenant ! Attendez un peu, rasseyez-vous, Galeran. Je n'ai pas dit que je n'allais vous aider. Je n'oublie que je vous dois la vie, même si je vous proposais de vous payer d'une bien plus gente façon.

– Je ne veux point que vous payez ce que vous nommez une dette, Mahaut, fit le chevalier. Je vous en libère. Votre vie ne m'appartient pas.

– Qui sait ? murmura la femme si bas que Galeran ne l'entendit point.

Elle reprit, non sans fierté :

– Souvenez-vous, chevalier, que jamais personne n'a décidé pour moi de ce que je devais faire, ni à Chartres, ni ici, ni ailleurs. Je suis peut-être putain mais honnête homme ! Ma dette est là, et je l'honorerai, car je l'ai décidé, moi, Mahaut !

29

Pendant ce temps, demeuré seul dans l'anti-chambre, Simon allait et venait d'un pas nerveux. Un furieux sentiment de jalousie lui mordait le cœur. Pourquoi ne le voulait-elle revoir, n'avait-il pas tenu son serment ?

Soudain, des coups furent frappés à la porte de la rue et, sans bien savoir pourquoi, le jeune écuyer s'alla dissimuler derrière une tenture, dans l'ombre du vestibule, en espérant qu'on ne l'y dénicherait pas.

– Entrez, fit le portier qui était venu ouvrir.

– Où est dame Mahaut ? Je la veux voir céans, fit une voix étouffée que reconnut aussitôt Simon.

– Elle reçoit, mon maître, mais elle m'a dit que si vous arriviez, vous l'alliez attendre aux étuves où elle vous rejoindra.

– Non, non, pas d'étuves, pas d'étuves, je ne viens pas pour la gaudriole, mais pour lui parler ! Je reviendrai plus tard, fit la voix avec exaspération.

Les pas s'éloignèrent et la porte claqua.

Quand Galeran arriva, un peu plus tard, Simon était sagement assis sur l'un des faudesteuils de l'antichambre.

30

La nuit était tombée lorsqu'ils sortirent de chez Mahaut. La ruelle déserte était éclaboussée par la clarté lunaire et, en contrebas, brillaient les lumignons de la rue Froidmantel.

– Tenez, messire, fit le portier, prenez cette torche, et bonne route !

Et il referma soigneusement le vantail, tirant les verrous derrière eux.

– Elle porte bien son nom, cette maudite ruelle, fit le chevalier en levant son flambeau.

– Messire, il faut que je vous dise quelque chose, fit Simon.

– Quoi donc, mon fils ?

– Il y a un homme qui est venu tout à l'heure, pendant que vous étiez chez la dame. Il réclamait une dame Mahaut. Je m'étais caché et j'ai reconnu sa voix. Il était au château comtal l'autre jour, vous savez bien, c'est votre moine à la robe changeante !

– Le moine Nicolas, tu es sûr ?

– Oui, messire, c'était bien sa voix. Sauf que là, il parlait pas latin et il avait pas l'air content !

– Qu'as-tu entendu d'autre ?

– Pas grand-chose, il a dit qu'il ne venait pas pour la gaudriole et qu'il repasserait.

– Celui-là a toujours aimé les bourdeaux ! Mais pourquoi voulait-il parler à Mahaut ?

– Messire !

– Oui ?

– Mahaut, c'est ELLE ?

– Oui, Simon, c'est le nom de ta belle.

Le garçon se tut, soudain rêveur, murmurant le nom de Mahaut avec délectation, la revoyant s'allonger sur ses coussins comme un gracieux animal…

Une voix goguenarde le tira tout à coup de ses songes.

– Où que vous allez comme ça, mes beaux agnelets ? Faut pas se sauver. On veut peut-être que votre bourse et pas vot' sang.

Ils étaient quatre, vêtus de peaux de bêtes comme des écorcheurs, et armés de coutels et de longs crochets à viande.

Le chevalier jeta vivement sa torche et dégaina son épée. Sans un mot, Simon se plaça à son côté, son coutel bien en main.

– Oui-da, mais pour les agnelets, faudra attendre, fit Galeran. Il n'y a ici que des chevaliers et du fer… si tu en veux goûter, toi et tes faces de rats, viens-y !

– Nom de Dieu, crevons-les ! hurla le plus grand des quatre qui fonça sur les deux hommes en faisant des moulinets avec son long croc.

Le chevalier évita l'arme et, d'un seul puissant coup, décapita la brute.

L'homme, un instant, continua sa course avant de s'effondrer, tandis que sa tête allait rouler comme une balle sur la pente, jusqu'à la rue Froidmantel.

Les autres hésitaient ; enfin, l'un d'eux fit un pas en avant. La lame de Galeran lui coupa proprement l'avant-bras. Le ruffian poussa un cri et partit en chancelant, pissant le sang et hurlant comme un porc qu'on égorge, avant de s'effondrer sur le sol.

– À toi, mon fils ! fit le chevalier, se retournant d'un bond et désarmant l'un des agresseurs de Simon. L'écuyer en profita pour enfoncer son coutel dans l'épaule de l'homme, que Galeran acheva d'un coup de plat d'épée en pleine face.

– Derrière vous ! hurla Simon.

Le chevalier se baissa, mais pas assez vite pour éviter la morsure d'un croc à viande. Le visage éclaboussé de sang, il éventra sans le voir l'homme qui l'avait blessé.

S'essuyant le visage d'un revers de manche, il chercha Simon du regard.

Il l'aperçut, courant après le survivant qui s'était relevé et s'enfuyait en zigzaguant comme un homme ivre. Le couteau brandi, le gamin, que la bataille avait échauffé, disparut bientôt au détour de la ruelle.

– Reviens ! hurla Galeran en se lançant à sa poursuite. Reviens, Simon ! Par Dieu, n'y va pas !

Soudain, il vacilla, portant la main à sa tête d'où pulsait le sang.

Il avança encore de quelques pas, puis ses genoux plièrent et il s'écroula de tout son long sur le pavé.

Quatrième partie

« Trop est de pute affaire, trop à la main escherse ;
N'a si mauvais vilain de Paris jusqu'en Perse.
De Dieu soit-il maudit et tué d'une herse,
Ou découpé par pièces comme la terre qu'on herse,
Et comme laboureur la fend, quand il la berse,
Ou pendu au gibet de la ville de Merse.
Diables en ait l'âme ; jà Dieu ne la renterse.
Et la chair soit aux loups ; c'est pour eux bonne aerse.
Si boirons du meilleur, sans nulle controverse,
Quand en enfer sera notre partie adverse. »

Guillaume de Machault.

31

– Veux-tu boire un peu d'eau fraîche ? dit le chevalier en tendant un hanap à la femme étendue sur les coussins.

Mahaut fit non de la tête, et Galeran but une grande rasade. C'était comme ça, il avait toujours soif après l'amour.

Il but à nouveau, mais il lui sembla que le liquide était brûlant et qu'il avait de plus en plus soif à mesure qu'il l'avalait.

– Par Dieu, qu'est-ce donc que cela ! s'exclama-t-il, en ouvrant brusquement les yeux.

Devant lui, plus de femme alanguie mais, assis à son chevet, le père infirmier qui le regardait en égrenant son chapelet.

Galeran porta la main à son visage, ses joues étaient rugueuses.

« Une barbe de plusieurs jours », songea-t-il. Puis son regard alla à ses armes, posées à côté de son lit et bien astiquées.

– Mon frère, demanda-t-il d'une voix rauque, ai-je dit beaucoup de mômeries pendant que je dormais ?

Le bon moine rougit en baissant les yeux.

– Pas plus que d'autres dans ces cas-là, dit-il.

– Bon, je vois, sourit Galeran en se dressant sur son séant.

– Doucement, messire, doucement ! s'exclama le religieux.

– Mais je me sens très bien, mon frère, sauf que j'ai soif, et en plus, j'ai une faim de loup !

– Que vous ayez une faim de loup, messire, je n'en doute aucunement. Vous n'avez point mangé depuis deux jours !

– Deux jours, deux jours, murmura le chevalier atterré, cela fait vraiment deux jours que je suis à l'infirmerie ?

– Oui-da, messire, et j'ai bien cru que les fièvres allaient vous emporter, car vous aviez perdu beaucoup de sang. Vous avez reçu un coup qui, à un fil près, vous laissait pour mort ! Heureusement, vous avez l'âme chevillée au corps.

– Et Simon, qu'est-il devenu ? J'ai bien cru l'apercevoir à mon chevet, pourtant.

Un sourire éclaira le visage du brave moine.

– Et vous avez bien vu, messire ! Avec la foire, j'avais beaucoup de soins à donner à l'hôtel-Dieu. Il faut dire que les rixes d'ivrognes n'ont pas manqué, ces jours-ci. En mon absence, votre écuyer vous a veillé sans relâche. Hier soir, vous alliez mieux, la fièvre était tombée, et je l'ai emmené se reposer dans votre cellule. D'ailleurs, je crois que depuis il n'en a point bougé !

– C'est bien ainsi, mon frère. Mais contez-moi un peu ce qu'il vous a dit.

Le moine hocha la tête.

– Pas grand-chose, il a été très discret, même avec le prieur. Il m'a juste dit qu'un gaillard auquel vous aviez tranché le bras lui avait échappé par je ne sais quel miracle, et que, quand il était revenu sur ses pas, il vous avait trouvé couché par terre comme si vous étiez mort. Par chance, une patrouille passait à ce moment-là, rue Froidmantel. Le sergent qui la commandait vous a reconnu pour vous avoir vu au château en compagnie du comte, et ils vous ont ramené sous bonne escorte jusqu'ici, à l'infirmerie. Voilà, c'est tout ce que je sais de cette nuit malencontreuse.

– Et le ruffian que j'avais assommé, qu'est-il devenu ?

– Quel ruffian ? Votre écuyer ne m'en a dit mot, il me semble.

Le moine s'interrompit un moment, comme s'il rassemblait ses pensées, puis il reprit :

– Il faut que vous sachiez que depuis la male-mort de la petite, il y a bien du remue-ménage au Val ; les drapiers ont peur pour leurs enfants. Le prévôt a dû descendre lui-même au Buat et au Durteint pour calmer son monde. Quant au comte Henri, il paraît qu'il est entré dans une colère noire quand il a appris, coup sur coup, la mort de cette enfant et qu'on vous avait attaqué. Depuis, il a décidé qu'il y aurait des pendaisons pour le début de la foire aux draps… C'était ce matin, d'ailleurs.

– Des pendaisons, mais qui donc veut-il pendre ?

– Je ne sais, messire, il paraît que c'est pour faire un exemple. Sans doute quelques larrons qui traînaient dans sa prison et qui feront les frais de cette justice expéditive. Ah, au fait, le frère d'armes du comte, le sire Anseau de Rozay en personne, est venu s'enquérir de votre état, tout comme le prévôt et un autre homme… un certain Guillaume le Picard. Vu les derniers événements, notre prieur, Bernard de Saint-Ayoul, a renvoyé fermement tous ces beaux messieurs en leur disant que vous étiez trop mal en point pour recevoir des visiteurs.

» Bon, maintenant, chevalier, il faut que j'aille à l'hôtel-Dieu, promettez-moi au moins de rester tranquille ici et de bien manger. Je vous ai fait préparer une collation, pour vous et votre écuyer.

– J'y ferai honneur, mon frère. Quant à rester ici, je préfère ne rien vous promettre, fit le chevalier. Je ne pensais avoir perdu deux longs jours à dormir, ajouta-t-il comme pour lui-même.

– Ah ! Au fait, j'allais oublier, une servante a apporté ceci pour vous, ce matin.

Le chevalier prit le parchemin cacheté que lui tendait le moine.

– Merci, mon frère, merci surtout pour tout le mal que vous vous êtes donné. Je sais que vos bons soins m'ont sauvé la vie.

– J'ai fait ce que je devais, voila tout, fit brusquement le moine en haussant les épaules, avant d'aller à son grand coffre prendre des fioles, des bottes d'herbes séchées et une besace de charpie.

– À vous revoir, messire, fit-il en tournant les talons, et faites que mes soins n'aient point été inutiles. Dieu vous ait en sa sainte garde !

La porte de l'infirmerie se referma, et Galeran resta un long moment immobile, le rouleau de vélin à la main. Puis il le décacheta et lut.

> *« J'ai appris votre malheur. Prenez garde.*
> *Il faut que je vous parle,*
> *venez dès que possible.*
> *Celle qui vous doit ce que vous n'exigez point. »*

Le chevalier sourit.

« Ah, dame Mahaut, je me suis déjà bien payé en rêve, songea le chevalier. Décidément toujours la même ! Bien trop fine mouche pour en confier davantage à l'oreille d'un écrivain public ou à la main d'une servante. »

Il jeta le petit manuscrit dans le brasero où il se tordit en noircissant avant de retomber en cendres.

À l'instant, on gratta à la porte.

– Messire ! Messire ! C'est moi, Simon. Je vous apporte votre repas, ouvrez.

– J'arrive, petit, fit Galeran en se levant, non sans peine.

La tête ébouriffée du brunet parut dans l'encadrement. Il entra, portant à bout de bras un large pot où fumait une soupe à l'ail. De sa besace, il tira une grosse miche de pain, de la saucisse sèche et un morceau de fromage recouvert de foin qu'il posa solennellement sur la table.

– Que voilà donc une belle vision ! Je meurs de soif et de faim. Viens-t'en ici, mon écuyer, et partageons, fit Galeran. Sais-tu que je suis bien aise de te revoir en vie.

– Par Dieu, moi aussi, pour sûr ! Mais j'ai croisé le frère infirmier, fit Simon en approchant un tabouret de la table et en plaçant deux écuelles à côté du pot de soupe. Il m'a dit que vous étiez éveillé mais que vous ne vouliez plus vous reposer, messire.

– Ne t'inquiète et arrête de me parler comme si j'étais un enfançon ! Dis-moi, Simon, ce gaillard que tu poursuivais l'autre soir…

– Foutre, il m'a échappé, cette charogne ! s'écria le jeune gars avec dépit.

– Justement ! Ne t'ai-je pas enseigné qu'il ne fallait point suivre un loup blessé jusqu'en sa tanière ? repartit le chevalier. Tu aurais pu y laisser la vie, à partir ainsi comme un fol te jeter dans ces ruelles que tu ne connaissais point.

Simon se rembrunit, et une expression maussade envahit ses traits.

– Nonobstant, continua le chevalier, je voulais te dire que, ce soir-là, tu t'es comporté comme un brave.

Le visage du garçon s'éclaira aussitôt et Galeran reprit :

– Maintenant, raconte-moi exactement ce qui s'est passé. Ce gaillard avait l'avant-bras tranché, il devait pisser le sang et ne pouvait aller loin comme ça, tu aurais dû le rattraper.

– Ben, en fait, j'ai point vraiment perdu sa trace, messire, mais je voulais le dire à personne. La lune éclairait suffisamment à ce moment… j'étais presque sur lui quand je l'ai vu s'enfoncer dans la terre.

– S'enfoncer dans la terre ? Explique-toi !

– Oui, enfin… ce que je veux dire, c'est que le gars a disparu dans un trou comme un puits, le long de la falaise. J'avais point de flambeau et c'était noir comme une bouche d'enfer là-dedans, alors je suis revenu sur mes pas, et c'est là que je vous ai trouvé. Après… tout ça m'est sorti de la tête.

– Tu saurais reconnaître l'endroit où il a disparu ?

– Oh oui, je crois bien.

– Tu as dit tout à l'heure que tu ne voulais en parler à personne. On t'a donc interrogé sur ce qui s'est passé ce soir-là ?

– Oui, messire, pensez… ils étaient point heureux, les hommes de la prévôté ! C'est que vous êtes un ami du comte, c'est comme si on vous avait poignardé sous son toit ! C'est le sergent d'abord, celui qui vous a ramené ici cette nuit-là, qui m'a posé des questions, et puis ensuite le prévôt, hier. Celui-là, j'ai eu du mal à m'en débarrasser, j'ai fait le niais. Il voulait savoir d'où nous venions et où nous allions. J'ai juste dit qu'on venait tous les deux du palais et qu'on rentrait au prieuré. J'ai menti par omission, messire… et n'ai point parlé de qui vous savez, ajouta-t-il en rougissant.

– Et tu as bien fait, Simon. Moins nous en dirons, mieux nous nous porterons. Et l'autre maraud, celui que j'avais assommé, était-il toujours là quand tu es revenu sur tes pas ?

– Oh oui, messire, il était encore raide comme une souche. Les gardes l'ont emmené à la prévôté.

Le chevalier s'étant enfermé dans un silence pensif, le jeune garçon ne dit mot, fixant d'un air maussade le pot de soupe plein à ras bord et son écuelle restée vide. Galeran, relevant la tête, surprit son regard et s'exclama en riant :

— Mais tu as faim, pauvre de toi ! Et moi aussi d'ailleurs. Mangeons, Simon, mangeons.

Ils mangèrent et burent en silence, Simon observant son maître de temps à autre, et, bientôt, il ne resta plus rien dans les écuelles. Le chevalier déclara avec gravité :

— Écoute-moi bien, Simon, et n'oublie cela dans les jours à venir, car ta vie et la mienne en dépendent. Comme disait Clémence : « *Tenere lupum auribus* » ; actuellement, nous tenons le loup par les oreilles, c'est dangereux pour le loup, mais aussi pour nous, car nous sommes fort près de ses crocs ! Je crois, mon jeune ami, que ces marauds, l'autre soir, étaient payés pour couper notre gorge, bien plus que notre bourse.

— Payés ! Mais par qui, messire ?

— À nous de le découvrir et de nous garder, mon ami…

Le chevalier s'interrompit, portant la main à sa tête, une expression de souffrance sur le visage.

— Qu'avez-vous ? s'écria Simon en se précipitant vers lui.

— Assieds-toi… fit Galeran en étendant la main en signe d'apaisement. Ça va mieux, ce maudit crâne me joue des tours.

— Le frère infirmier a dit qu'il fallait vous reposer, messire, insista Simon, la mine inquiète.

Comme s'il n'avait entendu les paroles du garçon, le chevalier reprit :

– Il faut que tu me retrouves le Picard, tout de suite. Il est descendu à l'hostellerie du *Coq Hardi*. Dis-lui que j'ai à lui parler.

– C'est point besoin, messire, je l'ai vu hier, lui aussi, et il a dit qu'il reviendrait ce jourd'hui, dans la soirée, voir si vous alliez mieux.

– Bien, fit Galeran, pour l'heure, nous avons assez perdu de temps. Il me tarde d'en finir avec tout ceci et d'aller rendre hommage à notre ami Bernard de Clairvaux en sa dernière demeure.

Tout en parlant, il se dirigea à pas lents vers le restrait, saisit le broc qui était à côté, fit une toilette rapide, se rasa et se vêtit promptement.

– Où allons-nous, messire ? demanda Simon en tendant ses armes au chevalier.

– Nous rendre en haute ville, au gibet comtal. Car nul ici ne semble savoir qui va être pendu, ce qui n'est guère dans les us, et je n'aime point cela.

32

Derrière le donjon et le château comtal, sur une placette de la haute ville, était le lieu de justice. Là se rendaient et s'exécutaient les sentences du comte Henri et de son prévôt.

Le gibet de Provins était installé sur une haute estrade de pierre à laquelle on accédait par une échelle. Les maisons fortes qui se serraient autour de la placette avaient vue sur la sinistre charpente de chêne hérissée de crochets de fer.

Pour l'heure, le bras séculier avait déjà frappé, et deux silhouettes raides se balançaient au bout de leur corde.

Au-dessus des fourches tournoyait une grande assemblée de corbeaux et de choucas.

Hormis quelques enfants qui jouaient aux palets et à cligne-musette devant le seuil des maisons et des soldats qui gardaient l'estrade, l'endroit était désert.

Le chevalier s'approcha lentement de la charpente et s'arrêta au pied, tandis que Simon restait un peu à l'écart.

– Eh bien, marmonna le garçon en jetant un coup d'œil rapide vers les suppliciés, le prévôt a été vite en besogne. Ces bougres gagnent déjà leur ciel à reculons !

Le chevalier, qui détaillait calmement les visages tuméfiés des condamnés, l'appela soudain :

– Simon, viens ici !

– Ben, vous savez, messire, fit le garçon qui s'approcha en traînant les pieds, j'aime point trop mirer ce genre de clients sous le menton.

– Aussi n'est-ce point pour le plaisir que je te demande de regarder ces deux-là, Simon.

Obéissant, le jeune gars leva lentement la tête et tressaillit.

– Qu'en dis-tu, ce sont eux, n'est-ce pas ? fit le chevalier. Celui qui a l'avant-bras tranché est facile à reconnaître, mais l'autre, est-ce bien celui que j'avais assommé devant chez dame Mahaut ?

Le gamin déglutit.

– Oui, messire, je crois bien que c'est lui, à cause de son habit, parce qu'autrement, il est encore plus vilain mort que vif !

– Joli coup, murmura Galeran, mais peut-être pas tant que ça.

– Que voulez-vous dire, messire ? demanda le brunet qui avait l'ouïe fine.

– Laisse, petit, laisse. Marchons un peu, j'ai besoin de réfléchir, fit le chevalier en s'éloignant vers le donjon.

Des fardiers de pierres traînés par des bœufs passèrent devant eux dans un épais nuage de poussière blanche.

Le chevalier, qui se sentait las, avisa une butte de terre un peu à l'écart du chantier et alla s'y asseoir.

Au-dessus des suppliciés, les choucas et les freux s'enhardissaient. Ils venaient maintenant se poser sur les fourches patibulaires et s'approchaient en se dandinant de leur futur festin.

Simon, tournant ostensiblement le dos au gibet, arracha une touffe d'herbe dont il se mit à mâcher les brins un à un d'un air rêveur.

Son maître, le visage sévère, restait immobile et silencieux, comme absorbé par la vue du chantier ; et l'écuyer savait que, dans ces moments-là, il ne faisait pas bon le déranger ; aussi se tenait-il coi.

Soudain, des éclats de voix le sortirent de son hébétude et attirèrent son attention vers deux hommes qui se disputaient sur le chemin, en contrebas.

– Regarde ce que t'as fait, foutu cornard ! hurlait l'un d'eux, t'as versé la brouette.

– Ben, on va ramasser. T'as qu'à poser ton hoyau et m'aider, au lieu de me souffler dessus, feignant !

L'homme se baissa à son tour pour aider son compère, plongeant les mains dans le tas qui gisait sur le sol.

La scène divertissait Simon, qui se redressa pour mieux observer. Les deux ouvriers, qui avaient posé à terre un seau et des outils aux formes inhabituelles, ramassaient à pleines poignées une matière qui ressemblait fort à de l'argile.

– Que regardes-tu donc avec tant d'attention ? fit soudain Galeran.

– Oh rien, messire, c'est ces hommes. Je me demandais à quoi servait ce drôle d'attirail qu'ils portent avec eux ?

– Tu as la réponse sous les yeux. Tu as vu ce qu'il y a dans leur brouette ?

– Oui, messire, de l'argile… enfin, je crois.

– Et tu crois bien. Avec ça, ils ont un seau, un hoyau – c'est cette sorte de pioche que tu vois là – et ce manche muni d'une lame, c'est une truelle, pour l'extraction de l'argile. Voila, tu sais tout, Simon, et tu m'as donné une idée ! Allons, suis-moi ! fit Galeran en se levant.

Éberlué, l'écuyer le suivit, regardant tour à tour les ouvriers qui s'éloignaient et le chevalier.

– Ben vrai, j'y comprends rien ! En quoi je vous ai donné une idée ?

– Tu comprendras plus tard. Pour l'heure, tu as du travail. Il va falloir que tu me trouves où habitent quelques notables provinois, le maître d'œuvre tout d'abord, le prévôt ensuite ; renseigne-toi aussi pour savoir si le moine Nicolas loge ailleurs qu'au château comtal…

– Oui messire, mais ça fait beaucoup… en tout cas, pour le prévôt, il doit habiter en la prévôté comme tous les gens de son espèce.

– Non pas. Je sais par le comte qu'il a une maison en ville. Trouve-la. Pour moi, je vais m'enquérir de la loge des drapiers siciliens. Il est grand temps que je parle au chevalier Tancrède, même si son seigneur ne souffre point ma compagnie.

– Bien, messire. J'ai quelques idées pour savoir à qui poser ces questions, je me suis fait ami d'un écuyer du comte, fort impressionné par vos exploits d'archer et par mes humbles talents au jeu de palets, et puis, il y a le Rat…

– Sois prudent, petit, surtout avec celui-là, et n'aie confiance en nul autre qu'en toi-même. Nous nous retrouverons au prieuré.

Simon hocha la tête et s'éloigna en courant.

33

Au même moment, en basse ville, s'achevait la messe, et les portes monumentales de Saint-Ayoul s'ouvraient, libérant la foule des fidèles parmi lesquels étaient le comte, son ami Anseau, les barons et les nobles dames.

Tout autour d'eux se pressaient les misérables en guenilles, la main tendue et la prière aux lèvres.

Alors qu'ils traversaient le parvis, les barons s'écartèrent pour laisser passage à un chevalier de bien pauvre apparence, mais à l'allure décidée.

N'eût été l'épée qu'il portait au côté, l'homme ne se distinguait guère des mendiants qui attendaient l'aumône. Son bliaud et ses braies étaient si usés qu'on en voyait la trame, et il marchait nu-pieds. Derrière lui venaient deux filles, grandes et maigres créatures vêtues, comme de pauvres paysannes, de robes de toile bise.

Le chevalier se jeta à genoux devant le comte.

– Par Dieu, mon noble sire, fit-il avec désespérance, je vous prie de me donner de quoi marier mes filles.

Le comte, qui parlait avec Anseau, s'arrêta net, regardant tour à tour celui qui l'implorait et les deux filles qui se tenaient debout, la tête baissée, derrière leur père.

Il allait répondre quand son trésorier, Arnaud, s'interposa :

– Messire chevalier, fit celui-ci, il n'est point

courtois de votre part de mander au sire comte, car il a tant donné qu'il n'a plus rien.

Les sourcils du comte se froncèrent et son visage s'assombrit. Il attrapa le riche mantel d'Arnaud et déclara d'une voix forte, pour que tous l'entendent :

– Vous ne dites vrai, sire vilain, lorsque vous prétendez que je n'ai plus rien à donner, puisque je vous ai, vous-même.

Et tirant Arnaud par l'étoffe de son habit, le comte l'entraîna vers le pauvre chevalier.

– Levez-vous, fit-il, votre place n'est point à mes genoux, et prenez cet homme en otage, je vous le donne et m'en porte garant.

– Mon seigneur… protesta Arnaud, messire comte, vous n'allez pas…

Mais le chevalier avait agrippé le mantel, et le Large s'était déjà détourné.

Le trésorier se tut. Autour de lui, les rangs des barons s'étaient resserrés et leurs visages étaient sévères.

Comprenant qu'il lui fallait payer rançon, Arnaud saisit la lourde bourse qui pendait à sa ceinture.

– Sire chevalier, dit-il, qu'il en soit fait selon la volonté de mon seigneur, combien voulez-vous pour me rendre ma liberté ?

– Cinq cent livres, repartit le chevalier.

– Cinq cent livres ! protesta le bourgeois. Mais je n'ai pas une telle somme sur moi.

– Vous la trouverez, fit le chevalier. Faites prévenir votre maison, je vous emmène, ainsi que j'en ai le droit, et vous garderai jusqu'à ce que rançon soit payée !

L'affaire était conclue, les barons s'écartèrent en riant et le noble chevalier s'en alla, suivi de ses filles, poussant devant lui le trésorier.

34

Un peu en retrait, Galeran avait observé la scène sans se montrer. À coup sûr, songea-t-il, le Large s'était fait un ennemi de plus, car le trésorier ne lui pardonnerait certainement pas l'affront qu'il venait de subir en public.

Des notables, sortis de la messe, s'attroupèrent. Parmi eux, le chevalier remarqua le maître d'œuvre, en grande discussion avec le prévôt, puis, un peu plus loin, Guillaume le Picard. Le marchand discutait avec un petit homme à l'air madré que Galeran ne se souvenait point d'avoir déjà vu.

Enfin, tout ce monde se dispersa, et le chevalier fit demi-tour, bousculant par mégarde un petit colporteur. C'était un gamin à l'œil vif, au nez retroussé et aux joues couvertes de tâches de son.

– Je ne t'ai point fait mal, petit ? demanda le chevalier.

L'enfant fit non de la tête et détailla avec intérêt celui qui lui faisait face.

– Vous ensauvez pas, messire ! dit-il d'une voix plaintive. Elles vous plaisent pas, mes niflettes ?

Ça brûle la gueule aux gourmands et ça gèle les dents des paysans ! Elles sont bonnes, savez. C'est ma mère qui les fait, ajouta-t-il en tendant au chevalier deux petits gâteaux informes.

— Bon, donne-m'en un, fit le chevalier en tendant une piécette au gamin. Dis-moi, tu es d'ici ?

— Ça pour sûr ! Ma mère dit même que je suis né sur le parvis, au sortir de la messe !

— Je cherche des marchands siciliens, sais-tu où on peut les trouver ?

— Les marchands, c'est pas ce qui manque ici, mais siciliens, j'sais pas ce que c'est, messire. Moi, je sais où sont les gars d'Arras, les Flamands, les Lombards… Ah, mais attendez, c'est peut-être ceux qu'ont de drôles de tissus mellés. Y'a personne ici qu'a des étoffes comme celles-là, et même qu'y sont gardés par des soldats qui ressemblent à des Maures. Enfin… ça, c'est mon grand-père qui le dit.

— Ce sont ceux que je cherche, fit le chevalier ; où est leur loge ?

— Tout près d'ici, mon prince, vous allez au travers des tables des changeurs, c'est de l'autre côté, vous pouvez pas les manquer. De toute façon, y'a tant de monde à leur étal que vous saurez que c'est eux !

S'étant discrètement débarrassé de sa gluante pâtisserie, le chevalier s'en fut vers le parvis où s'étaient installés à nouveau les changeurs après la sortie de la messe. Déjà, les clients se pressaient et les pièces tintaient dans les trébuchets. Le chevalier se glissa entre les tables, écoutant d'une oreille distraite les propos des marchands.

Ici, un Cahorsin examinait une pièce d'argent, la frottant avec sa pierre de touche avant de la rendre à son client.

– Elle est noire, votre monnaie !

– Comment ça noire ? protesta l'homme.

– Plus de plomb que d'argent, mon maître, fit le Cahorsin en hochant le chef. Je serais vous, j'insisterais pas. Le prévôt Foucher, ici, il aime point la monnaie de cette sorte.

La mine mauvaise, l'homme glissa en marmonnant la pièce dans sa bourse et s'éloigna.

Un changeur de Vézelay renchérit :

– Plus ça va, plus la mauvaise monnaie chasse la bonne ! Et toi, fit-il en interpellant un gaillard qui venait d'installer sa table à côté d'eux.

– Oh moi, à Notre-Dame-des-Tables, à Montpellier, on est point si dur que vous, allez ! Et d'abord, on arrondit nos comptes avec des Grisettes, vous en voulez une ? fit le gaillard en sortant de petites boules noires d'une bourse.

– Qu'est-ce donc que ça ? demanda le changeur de Cahors. Tu le mets dans ton trébuchet ?

– Ben oui, quand il manque une maille… que faire ? Alors on met une Grisette. C'est du miel et de la réglisse, et les clients, y sont contents.

– Chez nous à Cahors, déclara l'autre avec hauteur, une maille est une maille…

– Et un sou, un sou ! répliqua le gars de Montpellier, c'est pour ça que vous, les Cahorsins, avez si rude réputation !

Cette dernière réplique arracha un sourire au chevalier.

Il avait traversé le parvis et aperçut bientôt un attroupement autour d'une loge. Il se souvint des propos du petit colporteur, en voyant que des hommes d'armes étaient obligés de maintenir la foule à distance, derrière un cordon, et de faire passer les clients trois par trois devant l'étal.

Se frayant avec difficulté un passage, Galeran s'approcha de la loge.

Un des marchands déroulait pour un acheteur venu tout exprès de Paris du bofu de Byzance. La splendide étoffe était diaprée et plus fine qu'une toile de cainsil.

Un autre proposait à un seigneur du baudequin de Bagdad, et du samit paille d'Alexandrie.

Derrière, sur les tables, les commis s'affairaient, mesurant avec les toises de chêne, coupant, enroulant sur des cylindres de bois des damas, de l'osterlin ou du siglaton des Cyclades…

À l'autre bout de la loge, un marchand, debout derrière son écritoire, trempait sa plume d'oie dans une corne de bœuf emplie d'encre noire et inscrivait, au fur et à mesure, les comptes que lui criaient les autres, sur un grand livre à l'épaisse couverture de cuir.

– Je vous cherchais, messire de Lesneven, fit une voix grave derrière le chevalier.

Galeran se retourna et se trouva face à Tancrède. Le jeune homme avait l'air soucieux, et ses yeux étaient cernés de noir.

– Moi aussi, messire, répondit simplement le chevalier.

– Il faut que nous parlions, ajouta le Sicilien. Verriez-vous quelque inconvénient à m'accompagner rue des Vieux-Bains, là où nous demeurons tous ?

– Non pas, fit le chevalier, je vous suis.

35

Quelques instants plus tard, les deux hommes étaient attablés dans la salle basse de la maison forte, près de la cheminée où achevait de se consumer un tronc d'arbre.

Tancrède remplit de cervoise mousseuse une corne d'urus cerclée d'argent et la tendit au chevalier.

– J'ai appris, dit-il, ce qui vous était arrivé par le comte Henri en personne. Il faut que vous sachiez qu'ici aussi ces derniers jours n'ont point été de tout repos.

Le jeune homme se tut, portant machinalement la main à un pendentif que dissimulait sa chainse, puis il se reprit :

– Un de nos marchands a failli perdre la vie, voici deux jours. Malgré mes ordres, il s'était rendu sans escorte, avec seulement un de ses commis, dans une de ces maudites tavernes de la rue du Marais. En fait de boire chez les filles, il a reçu plusieurs coups de coutel dans le corps, et on a dû le porter à l'hôtel-Dieu. On a aussi essayé de forcer notre loge, j'ai donc envoyé quelques hommes de garde en renfort. D'autant que nous sommes pris d'assaut par les clients, comme vous l'avez pu voir aujourd'hui. Comme si tous ces gens n'avaient jamais vu une étoffe de leur vie… J'avoue ne rien comprendre au commerce !

– Je vois, dit le chevalier en hochant la tête. Et si l'on songe à la mort de vos deux sentinelles, la nuit de votre arrivée, on est amené à se demander qui est derrière tout ça.

Tancrède semblait en proie à un grand découragement, une sorte d'extrême dégoût.

– Moi, chevalier, dit-il lentement, je suis un soldat et je sais me battre à visage découvert, mais pas contre des ombres. Et pourtant, je vous jure que cela me démange de passer mon épée dans la gorge des maudits qui ont commis ces crimes… C'est à se demander, par moments, comment tout ça finira, ajouta-t-il d'une voix lointaine.

Son regard s'était détourné, et son visage avait pris une expression anxieuse.

– Et je ne vous ai point encore dit le pire : depuis ce matin, le seigneur Alfano ne bouge, ni ne parle. On dirait qu'il est tenu de force sur sa couche par un mauvais charme…

– Un mauvais charme ? s'écria Galeran. Allons, mon ami, le seigneur Alfano est un vieillard que ce long voyage a épuisé ! Me permettez-vous de l'examiner ? J'ai quelques connaissances et sais me montrer discret.

– Soit, dit Tancrède, mais vous verrez que je n'ai point tort.

Les deux hommes montèrent rapidement à l'échelle qui menait au premier étage, et le jeune Sicilien ouvrit la porte de la chambre d'Alfano, s'effaçant pour laisser passer le chevalier.

Le vieux seigneur était allongé sur sa couche, les membres raides, ses yeux grands ouverts fixant le plafond.

Le chevalier s'approcha puis, se tournant vers le jeune homme, demanda :

– M'autorisez-vous à l'examiner ?

– Oui, messire, je vous l'ai dit.

– Cela fait combien de temps qu'il est dans cet état, et n'est-il point sujet au haut mal ?

– Certes pas ; malgré son âge, mon seigneur est un homme vigoureux. Ce matin, je suis monté pour l'informer de ce qui s'était passé sur la foire. Il était déjà ainsi et, depuis, il n'a point repris connaissance. J'ai fait quérir le mire du comte qui ne devrait point tarder.

Le chevalier s'assit sur le rebord du lit, examinant le visage pâle du vieux seigneur. Il passa la main devant les pupilles dilatées sans obtenir la moindre réaction. Une mince ligne d'écume blanche ourlait la bouche entrouverte du malade.

Galeran se pencha, posant son oreille sur la poitrine du vieil homme ; sa respiration était normale, et son cœur battait régulièrement, quoiqu'un peu lentement.

Le chevalier posa la main sur le front en sueur d'Alfano puis se tourna vers le jeune Tancrède.

– Qu'en pensez-vous, messire ? demanda ce dernier. Peut-on faire quelque chose pour lui ?

– Peut-être, messire Tancrède. Mais il m'en faut savoir plus que je n'en sais, fit laconiquement le chevalier.

– Que voulez-vous dire ?

– Je n'observe ni contractions ni rejets, cet homme est sans aucun doute sous l'emprise d'une potion ou même, peut-être, d'un poison que je ne connais point.

– Un poison ! s'écria le Sicilien en se mettant à marcher nerveusement dans la chambre. Mais comment a-t-on pu l'empoisonner ici ?

– Pas forcément ici, messire. Tous les poisons n'agissent pas de la même façon : certains prennent davantage de temps que d'autres, les uns agissent violemment et d'autres en douceur.

– Dites-moi enfin, messire, risque-t-il de mourir ?

– Honnêtement, je ne le sais, répondit Galeran avec gravité. Ne connaissant le poison, je ne sais ses effets. Une seule chose peut cependant nous rassurer : si on avait voulu le tuer, il serait déjà mort.

Tancrède se ressaisit et déclara d'un ton sans réplique :

– Il faut le sauver, messire ! Notre mission ici repose uniquement sur lui, je n'ai aucune idée des termes du pacte dont il doit convenir avec le comte de Champagne. Il faut que vous m'aidiez.

– J'en suis d'accord, messire Tancrède. Alors, écoutez-moi. Plutôt que de le confier aux mains de gens que nous ne connaissons ni vous ni moi, faites-le porter au prieuré. Il y a là-bas un frère infirmier en qui j'ai toute confiance, et le prieur Bernard n'est pas un homme que quiconque puisse intimider ; il y sera en sécurité.

Les sourcils du jeune Sicilien se froncèrent sous l'effet de la réflexion.

– J'accepte, mais le laisserai sous la garde de mes meilleurs hommes.

– Je ne pense pas que le prieur y verra un quelconque inconvénient. Faites-le porter dans une litière fermée dès que possible. Quant au mire, donnez ordre qu'on le renvoie, car la santé du seigneur s'est améliorée.

– Bien, je ferai ainsi.

– Il me faut maintenant en savoir plus, Tancrède, car si nous assurons sa sécurité, nous ne le sauvons pas pour autant du mal qui le terrasse.

– Je comprends, messire. Venez, et quoi que vous voyez, ne vous étonnez de rien.

La petite clochette d'argent tinta au-dessus de leur tête, quand ils entrèrent dans la pièce voisine.

– Chevalier de Lesneven, voici le vénérable Liou Fei-tchang et sa concubine, Chaton de Saule. Ils sont venus de Hang-tcheou, dans la lointaine Chine du Sud, où Liou Fei-tchang était un des familiers de l'empereur Kao-tsong.

36

Sans un mot, le vieil homme et sa concubine s'étaient inclinés devant Tancrède et le chevalier.

Un instant décontenancé, Galeran leur rendit courtoisement leur salut.

Depuis sa première rencontre avec les Siciliens, il avait échafaudé bien des théories à propos de leur venue à Provins et du pacte qui semblait les lier au comte, mais rien qui approchât, de près ou de loin, l'aspect singulier de cette entrevue.

En vérité, il n'aurait pu imaginer se trouver confronté aux habitants de ces fabuleux pays décrits jadis par les Grecs et les Romains. Il savait pourtant que les marchands de Byzance, du Caire et même de Palerme commerçaient encore avec la lointaine Chine, mais de là à voir deux de ses représentants ici, en chair et en os, au cœur de la Champagne !

Était-ce donc là le cadeau du roi de Sicile au comte Henri ? Ce vieillard maigre et voûté et cette femme, aussi menue qu'une enfant de 10 ans.

Les yeux du chevalier s'attardèrent non sans intérêt sur Chaton de Saule.

Elle était vêtue d'une robe légère aux longues manches traînantes, sous laquelle on la devinait nue. Son visage délicat était recouvert d'un fard blanc et épais. Ses lèvres rouge vif et ses sourcils noirs étaient dessinés au pinceau.

Le regard de Galeran se posa ensuite sur le vieillard qui se tenait debout à côté de la jeune femme. Les bras croisés sur sa maigre poitrine, les mains glissées dans les manches de sa tunique violette brodée d'or, il attendait, impassible, ses yeux étirés et mi-clos fixés sur les deux visiteurs.

— Peut-être pourrions-nous nous asseoir, vénérable Liou Fei-tchang ? demanda Tancrède. Je voudrais vous présenter le très noble chevalier Galeran de Lesneven, un ami du comte Henri de Champagne, notre hôte.

Le vieillard s'inclina à nouveau, en signe d'assentiment cette fois, et désigna d'un geste les nattes de joncs autour de la table basse.

Tandis qu'il traversait la pièce, Galeran l'inspecta rapidement du regard.

Il y avait là peu de meubles et, semblait-il, rien que le nécessaire.

Chaton de Saule alla à son coffre de voyage, orné de caractères d'ivoire et d'or, et revint disposer sur la table basse des socles de bois et des tasses en porcelaine coquille d'œuf, dans lesquelles elle versa un peu de poudre noire et, avec précaution, de l'eau bouillante.

Les gestes de la jeune concubine étaient gracieux, et le chevalier s'aperçut que le Sicilien ne la quittait pas du regard.

Était-ce là simple méfiance ou était-il attiré par la mystérieuse Chinoise ? Galeran n'aurait pu le dire, car le beau visage du jeune soldat était toujours aussi impassible.

— Ils appellent cela du thé, messire, fit Tancrède en prenant place sur les nattes aux côtés du chevalier breton. Ils en boivent tout au long du jour.

Galeran saisit sa tasse et l'éleva avec précaution, face à la lumière de la fenêtre ; il n'en avait jamais vu de semblable, elle était si fine et translucide qu'on distinguait le liquide à travers.

– Merci infiniment, fit-il en saluant le Chinois.

Il porta la tasse à sa bouche, trempant légèrement ses lèvres dans le liquide ambré, avant de la poser sur la table.

Tancrède qui venait de boire avec circonspection lui confia à mi-voix :

– Liou Fei-tchang parle plusieurs langues et dialectes, il nous comprend très bien. C'était, dans son pays, un grand lettré. Il est venu de son plein gré vers nous, et notre roi le recevait, avec honneur, en son palais de Palerme.

– Le jeune seigneur dit vrai, je suis venu librement, fit Liou Fei-tchang. « La multiplicité des êtres fait retour à sa racine. Revenir à sa racine, c'est atteindre le silence. » Le voyage a été long de mon honorable pays jusqu'au vôtre.

– Oserais-je vous demander pourquoi un tel voyage, vénérable Liou Fei-tchang ? dit Galeran que l'aisance du Chinois impressionnait.

– « Se battre avec le ciel, se battre avec la terre, se battre contre les hommes, quelles joies infinies », répondit le vieillard, dont les yeux se posèrent un bref instant sur le chevalier.

– Vous estimez donc facile et agréable ce qui, pour tout homme, est source de tracas et de difficultés ? demanda Galeran.

– Il est agréable de demeurer calme et flexible face au chaos, fit lentement le vieil homme, puis il se tut, reportant toute son attention vers la fragile tasse de porcelaine qu'il tenait entre ses doigts effilés.

– L'honorable Liou Fei-tchang est venu transmettre le cadeau destiné au seigneur comte, reprit brusquement Tancrède.

– Un cadeau qui, semble-t-il, vaut plus que la vie de beaucoup d'hommes, remarqua Galeran sans quitter des yeux l'étonnant vieillard.

– Vos propos sont justes, fit le Chinois. Dans mon pays, la connaissance se paye souvent à ce prix. « Car un peuple est difficile à conduire s'il en sait trop et ne tremble point. » Une vive frayeur est un bon avertissement.

– En effet, il est des savoirs mortels, vénérable Liou Fei-tchang, des savoirs qui dépassent l'entendement de l'homme et qu'il vaut mieux laisser dans des cercueils de plomb jusqu'à la fin des temps.

Le Chinois eut un petit rire.

– Aussi, dans l'histoire de mon vénérable pays, nos puissants empereurs punissent de mort ceux qui ne comprennent point cette sage leçon, dit le Chinois en s'inclinant devant Galeran. Je suis maintenant fatigué et vous demande la faveur de m'aller reposer.

– Pardonnez-nous, vénérable Liou Fei-tchang, intervint Tancrède, nous nous retirons. Venez Galeran.

37

Les deux hommes retournèrent au chevet du seigneur Alfano, qu'ils trouvèrent dans un état stationnaire, puis allèrent s'asseoir à l'écart, près de l'unique fenêtre de la chambre.

– Alors, sire chevalier, vous ne vous attendiez pas à cela, fit Tancrède au bout d'un court silence.

Galeran eut un regard vers le lit où gisait le vieillard toujours immobile.

– Vous voulez parler de son état ou de vos étranges invités ?

Tancrède hocha la tête en silence.

– Vous ne m'aidez guère, reprit Galeran, mais après avoir vu ces deux-là, que vous teniez cachés, je crois savoir quel trésor vous êtes chargé de protéger.

– Allez toujours, chevalier, dit Tancrède, car il est des serments que je ne peux rompre sans être parjure et traître aux yeux de mon seigneur, Alfano.

– Je vous entends bien, mon ami, et vais vous conter ce que vous ne pouvez me dire. Ces deux-là viennent donc de l'antique *Serica,* ainsi que la nommaient les Romains, le Pays de la soie, cette étoffe fabuleuse dont personne ne sait la véritable origine et pour laquelle les nobles romains dépensaient de telles fortunes que Tibère décida de l'interdire. Deux siècles plus tard, l'empereur Aurélien offrait son poids en or pour la posséder. Mais lui non plus ne sut comment se fabriquait ce mystérieux tissu qui, outre sa beauté, a le pouvoir de protéger de la foudre celui qui s'en revêt.

» Selon Pline, il vient d'une sorte d'arbre et c'est un duvet que les hommes détachent de ses feuilles. Pour Pausanias, elle provient d'un petit animal guère plus gros qu'un scarabée, auquel il suffit de donner du roseau vert pour qu'il en mange tant qu'il en meure et qu'on puisse enfin récupérer la soie qu'il gardait entre ses pattes. On a dit que seul l'empereur d'Orient, Justinien, en a connu le secret et que, depuis, les Byzantins fabriquent la soie tout comme les Chinois.

» Que pouvait-on offrir de plus précieux au comte que ce secret connu seulement par une poignée de puissants, ce secret qui vaut plus que l'or ou les pierres les plus fines ?

Le visage du jeune Sicilien s'assombrit, et il murmura :

– Fasse Dieu que je ne me sois pas trompé en vous faisant confiance ! Vous êtes un homme étonnant, messire Galeran, et je comprends maintenant pourquoi mon seigneur Alfano se méfiait tant de vous.

– Il est maintenant trop tard, dites-moi vite ce que je ne sais pas, sire Tancrède, car le temps nous presse. Ce Chinois m'intrigue, il me semble qu'il dissimule sa force sous un air de faiblesse et se moque constamment de nous. S'il était si proche de son empereur, pourquoi est-il venu à la cour de Sicile ?

– Je l'ignore. Liou Fei-tchang faisait partie du petit cercle des intimes de l'empereur Kao-tsong, cela m'a été confirmé par un marchand qui avait été jusqu'en Chine du Sud à la cour impériale. Il est parti en emportant ce secret si bien gardé qu'on punit de la mort la plus cruelle ceux qui le dérobent. Seul le vol a permis jusqu'ici de monnayer le secret de la soie, et l'empereur d'Orient Justinien, dont vous parliez, n'avait pas fait autrement, lui qui avait envoyé deux moines pour le dérober. Liou Fei-tchang et Chaton de Saule sont des voleurs, et ils ont pris des risques incroyables pour rejoindre notre pays. Ils ont traversé des déserts et des mers inconnus, puis remonté le fleuve Tigre et, enfin, sont arrivés à Baghdâd. De là, une caravane les a menés jusqu'au Caire d'où Liou Fei-tchang a envoyé un message à notre défunt roi de Sicile.

— Comment a-t-il été accueilli chez vous ?

— Je ne sais pas, c'était il y a maintenant trois ans. Grâce à lui, l'atelier de tissage est devenu ce qu'il est maintenant. Mais quand je les ai rencontrés au palais de Palerme, ils étaient comme ici, des sortes de prisonniers de qualité, rien de plus.

— Quel étrange destin ! Ils sont si différents de nous, murmura le chevalier ; ce vieillard lettré possède un grand savoir, mais ses paroles sont dépourvues de toute bienveillance.

— Il est vrai, observa Tancrède, mais ce sont des idolâtres, ils n'ont pas les mêmes pensées que nous qui défendons l'honneur du Christ. Leur sagesse n'est point la nôtre, ajouta-t-il avec un soupir, et je crois bien qu'ils ne nous comprennent pas plus que nous ne les comprenons !

— Sans doute, sans doute… Vous avez là un bien

beau pendentif, fit abruptement Galeran qui avait soudain remarqué dans l'échancrure de la chainse du Sicilien un insolite anneau de pierre verte.

– Oui… fit le jeune homme en refermant prestement son pourpoint. C'est un cadeau de ma mère.

Le chevalier hocha la tête, songeant à part lui que celle qui avait offert cet anneau avait sans doute les yeux étirés. Il y avait donc plus qu'une simple relation de gardien à prisonnier entre le jeune homme et l'inquiétante petite créature au visage peint comme un masque.

– Laissons cela, fit Galeran, et revenons à l'état dans lequel se trouve le seigneur Alfano. Si l'on admet que la drogue lui a été administrée ici, pouvez-vous me dire qui habite cette maison ?

– Hormis le seigneur Alfano et moi-même, seulement les deux Chinois et des hommes d'armes dont je réponds. De plus, nous ne recevons aucun visiteur.

– Cela réduit le champ de nos investigations. Bien, maintenant, dites-moi comment devait être transmis ce fameux secret.

– Eh bien, en fait, nous avions mené ici des grains et tout un matériel. La jeune Chaton de Saule devait mimer l'histoire de la soie pour le seigneur comte, une sorte de danse, et lui remettre une lettre de notre roi donnant accès au Tiraz de Palerme et à sa production, pour lui et les siens.

– Un cadeau inouï !

– Oui, fit le jeune chevalier. Mais je crois que Maïon de Bari a pensé que le puissant comte Henri pouvait être un allié de poids pour la cour de Sicile, face au nouvel empereur germanique.

– Messire Tancrède ! cria un soldat à travers la porte de la chambre. Le guide Caballe demande à vous parler.

– Fais-le entrer, nous descendons ! Messire Galeran, je vous ai dit tout ce que je savais, ajouta le Sicilien à mi-voix.

– Aussi ne vous en demanderai-je point davantage. Pour l'heure, il serait bon de faire transporter en secret le sieur Alfano à l'infirmerie du prieuré, où il sera mieux soigné. Permettez-moi aussi de visiter cette maison avant de m'en retourner. Je voudrais m'assurer que rien ne nous a échappé.

– Faites comme il vous plaira, je n'ai plus de secret pour vous, maintenant.

En bas de l'échelle, un petit homme râblé les attendait, bien campé sur ses jambes torses de cavalier.

– Messire Galeran, permettez-moi de vous présenter notre guide, Darde Caballe, fit Tancrède. Il nous a menés sans encombre à travers bien du pays, car c'est un rusé coquin !

– Oh, messire, ne me flattez pas, ne me flattez pas ! riposta l'autre en s'inclinant très bas. À votre service, messire chevalier, si un jour mes faibles lumières pouvaient vous être utiles !

– On ne sait jamais, fit tranquillement Galeran, qui venait de reconnaître le personnage qui, un peu plus tôt, discutait avec Guillaume le Picard sur le parvis de Saint-Ayoul.

– Attends-moi dehors, Darde, je te rejoins, ordonna le jeune Sicilien.

L'homme hocha la tête et s'éloigna.

Tancrède se pencha alors vers le chevalier et ajouta à mi-voix :

– Je vous laisse ici, messire. Quand vous voudrez sortir, prévenez Giacomo, il a mes ordres, et si vous avez besoin de quoi que ce soit, il vous obéira aveuglément. À vous revoir très bientôt, je vais faire porter le seigneur au prieuré.

Les deux hommes se saluèrent, et la porte de la rue se referma sur le Sicilien. Galeran saisit une torche et, après avoir examiné attentivement chaque recoin de la salle haute, disparut derrière la tenture qui en masquait le fond.

38

Il y avait là, soigneusement rangé, tout le matériel des deux mystérieux chariots.

De grands coffres scellés, des rouleaux de tissus enveloppés d'épaisse toile bise, et d'insolites petites boîtes percées de trous d'où s'élevait une odeur fade que le chevalier reconnut aussitôt.

Après avoir examiné les sceaux de cire et les inscriptions latines de certains coffrets, le chevalier reporta son attention sur le sol de terre battue.

De ce côté de la tenture, comme de l'autre, les hommes de Tancrède avaient épandu de la paille.

Alors qu'il allait appeler Giacomo, le chevalier heurta du pied un obstacle. Il se baissa, repoussant la paille, et découvrit un large anneau de fer fixé sur une trappe.

Il souleva le lourd panneau. Il s'agissait, autant que la lueur de son flambeau lui permettait de le voir, d'une vaste cave.

Il promena la flamme à l'intérieur, éclairant un escalier rudimentaire creusé à même la paroi et, tout au fond, un amas de formes indistinctes et enchevêtrées.

– Giacomo ! appela-t-il.

– J'arrive, messire, répondit la voix de l'homme d'armes qui écarta la tenture et rejoignit le chevalier, agenouillé près de la trappe. Ah, vous avez trouvé la cave ?

– Oui, Giacomo, j'ai trouvé la cave. Je suppose que vous l'avez déjà inspectée ?

– Oui, messire, bien sûr. C'est moi-même qui y suis descendu.

– Qu'est-ce qu'il y a là-dedans ?

– D'après le trésorier du comte Henri, qui nous a installés ici, ce sont les Lyonnais qui viennent dans cette demeure pour les foires, et qui ont laissé là leurs marchandises. C'est chose courante à Provins, où d'aucuns louent même des maisons à l'année.

– Avez-vous déplacé tout ça lors de votre fouille ?

Le visage de l'homme se rembrunit.

– Euh… non, messire, j'ai pas eu le temps, vous savez. J'ai juste fait le tour de tout ce fatras pour me rendre compte qu'il n'y avait point de place pour ranger notre propre matériel, je ne pensais pas…

– Allez me chercher des hommes avec des flambeaux ! ordonna brusquement Galeran.

L'homme d'armes s'éloigna à grand pas, criant des ordres dans sa langue natale.

Pendant ce temps, Galeran commença à descendre avec précaution les degrés de pierre, prenant garde de ne pas glisser sur la roche humide.

Il leva sa torche, éclairant une colonne centrale ornée d'un chapiteau sculpté comme celui de la salle au-dessus. N'eût été ce qui l'encombrait, la cave semblait fort profonde. Par endroits, des amoncellements de fagots de bois, de caisses, de cageots et de tonneaux montaient jusqu'au plafond.

Seules les approches de l'escalier étaient à peu près dégagées.

Un bruit de pas lui fit lever la tête ; les hommes d'armes descendaient derrière Giacomo.

– Voilà, messire, nous sommes à vos ordres, dit ce dernier en montrant quatre solides gaillards qui saluèrent le chevalier d'un bref signe de tête.

– Bien, qu'ils placent leurs flambeaux dans ces cônes de fer le long de la paroi, il va falloir qu'ils transportent toute la marchandise et l'empilent de ce côté où il n'y a rien. Je veux voir le sol et les murs de cette cave entièrement débarrassés !

– Oui, messire, fit le Sicilien qui jeta des ordres brefs à ses hommes qui se mirent aussitôt au travail avec lui.

En fait de marchandises, les caisses et les tonneaux étaient vides, et les soldats eurent bientôt mis à nu tout un pan de la cave. Il ne resta plus sur place que quelques fagots de branchages et un empilement de cageots.

Soudain, l'un des soldats émit un long sifflement. C'était l'entrée d'un passage souterrain de près d'une toise de haut, une sorte d'excavation de forme ogivale, creusée à même la roche.

Les hommes écartèrent rapidement les derniers obstacles, et Galeran s'approcha, levant sa torche. L'endroit avait été habilement dissimulé, et il suffisait en fait de déplacer quelques cageots pour y accéder.

– Dieu me pardonne, messire ! fit Giacomo, je n'avais rien vu de tout ça.

Le Sicilien avait l'air si désespéré que le chevalier lui posa la main sur l'épaule.

– Ce qui est fait est fait, Giacomo. Vous ne pouviez deviner que tout ceci n'était qu'un leurre et que, pour toutes marchandises, il n'y avait que des tonneaux vides et du bois de chauffage ! Maintenant, il nous faut aller voir ce qu'il y là-dessous, mais d'abord, trouvez-moi un long écheveau de cordelette.

– Oui, messire, j'y cours.

Quelques instants plus tard, le chevalier en tête, les six hommes s'engouffrèrent dans le tunnel, le dernier des soldats dévidant, au fur et à mesure de leur avance, sa corde sur le sol.

Ils avaient déjà parcouru quelques toises quand

le chevalier éclaira une sorte d'alvéole sur la gauche, suffisante pour qu'un homme y tienne debout.

Ils passèrent leur chemin, car le souterrain continuait plus avant. Galeran remarqua que, malgré une forte humidité, il faisait doux et que l'atmosphère n'était pas délétère.

Il passa la paume sur les parois lissées par la main de l'homme, décelant même par endroits l'empreinte figée de doigts humains.

Toujours du même côté du souterrain, une seconde alvéole apparut, plus grande que la première. Soudain, le couloir fit un brusque coude puis un second, et ils retombèrent bientôt sur la corde qu'ils avaient dévidé.

– Ce satané couloir n'est rien d'autre qu'un cul-de-sac, s'écria Giacomo. Il ne mène nulle part !

– Non pas, non pas, regardez, il y a de l'air qui entre par ici ! fit le chevalier en levant sa torche dont la flamme vacilla.

Au-dessus de leurs têtes, ils virent une sorte de puits, et sur un pan de cette étroite cheminée étaient fixés des échelons de fer. Une faible lumière semblait en couronner le sommet.

– Restez ici, je vais voir de quoi il retourne, ordonna le chevalier qui attrapa le premier échelon et se hissa à la force du poignet jusqu'au second.

Il disparut bientôt à la vue des soldats de Tancrède.

Un long moment passa, les torches des soldats grésillaient dans la pénombre ; et puis, soudain, des pas retentirent derrière eux, et ils aperçurent, dans le couloir, la lueur d'un flambeau qui glissait sur les parois du couloir souterrain.

Sur un geste de leur chef, les hommes d'armes se plaquèrent contre le mur, dégainant leurs coutels.

— Giacomo, c'est moi, Galeran ! cria le chevalier.

— Mais, messire, par où êtes-vous passé ?

— Ce damné souterrain donne tout bonnement dans la rue voisine. Bien que je ne pense pas que ce passage ait été récemment utilisé, n'importe qui pouvait entrer dans la maison sans se faire remarquer. Il faut pour l'heure bloquer la trappe avec de la caillasse ; et aviser sire Tancrède de tout ceci au plus tôt.

39

En sortant de la maison forte, le chevalier se heurta à Simon qui descendait la ruelle en chantonnant, l'air fort réjoui. Le chevalier le happa par le bliaud et lui dit d'un air mécontent :

— Mais qu'est-ce que tu fais là à traîner ? Ne t'avais-je donc point demandé de m'attendre au prieuré ?

Le visage de l'écuyer s'empourpra et il marmonna à mi-voix :

— Oui-da, messire, mais j'ai vos renseignements, savez, et je suis même allé voir là-bas si vous y étiez. Comme c'était point le cas, je me suis dit que ça serait bien de vérifier si je retrouvais la bouche d'enfer… vous savez, là où le ruffian que vous avez blessé s'est enfoncé sous terre.

– Oui, mais dorénavant, avant de faire quoi que ce soit, j'aimerais que tu obéisses à mes ordres, répliqua sèchement Galeran. Sinon, c'est dans le charnier que je vais finir par te retrouver !

– Euh, oui, messire, oui, bredouilla le jeune gars qu'une telle perspective fit frémir.

– Bon, qu'en est-il de ta bouche d'enfer ? fit le chevalier en se radoucissant. Tu as trouvé quelque chose ?

– Je vais vous montrer, messire. Mais il faudrait de la lumière.

– Bien, je vais prendre une lampe à huile chez les Siciliens.

Quelques instants plus tard, après être passé sans s'arrêter devant le repaire de Mahaut, l'écuyer emprunta la rue montant vers le chantier du palais comtal. Il s'arrêta au bout de quelques toises, montrant, caché par des fougères et des mauvaises herbes, un trou rond creusé à flanc de paroi.

Galeran dégagea l'orifice, assez grand pour laisser passer un homme. Il remarqua au passage que de nombreuses tiges avaient été récemment cassées.

Il glissa sa petite lampe par l'ouverture et se pencha ; il y avait là, tout comme rue des Vieux-Bains, une cheminée munie d'échelons.

– Bien, fit le chevalier, décidément cette ville

est une boîte à surprises ! Reste là, mon fils, et fais le guet. Si quelqu'un arrive, place-toi devant le trou, joue aux dés, et surtout, siffle l'air de notre ami Marcabru [1].

Un sourire éclaira le visage du gamin qui adorait le truculent troubadour.

– Oui, messire.

Le chevalier descendit par l'orifice, prenant bientôt pied dans une petite salle barrée d'un robuste mur de brique.

Le maraud, en s'échappant, s'était donc simplement réfugié là ?

Sur le sol, quelque chose miroita sous l'éclat de sa lampe ; c'était un petit bouton de métal, tombé contre la paroi de brique.

« Il doit y avoir des centaines de Provinois à porter ce genre de boutons ! » songea-t-il en le ramassant, mais un sifflement lui échappa quand il s'aperçut qu'à ses doigts collait une matière grisâtre.

Le ciment qui jointoyait les briques était encore humide, le mur venait d'être fait !

Quand il refit surface, Simon lui trouva l'air si guilleret qu'il lui demanda s'il allait bien.

– Mais oui, je vais bien, fit le chevalier, une lueur amusée dans les yeux.

– Mais qu'est-ce qu'il y a là-dessous, messire, qui vous mette tant en joie ? demanda le garçon.

1. Voir *Jaune Sable*.

– Un mur, fiston, un mur de brique tout frais !

Et sans plus se soucier de l'air ahuri de son écuyer, le chevalier reprit le chemin du prieuré.

CINQUIÈME PARTIE

« Nul ne peut servir deux maîtres :
ou il haïra l'un et aimera l'autre,
ou il s'attachera à l'un et méprisera l'autre.
Vous ne pouvez servir Dieu et Mammon. »

Mathieu VI, 24.

40

La cloche de Saint-Ayoul venait tout juste de sonner vêpres quand trois petits coups secs furent frappés sur la porte de la cellule du chevalier.

– Messire, c'est Simon ! fit l'écuyer en poussant le battant. Le frère portier m'a dit que Guillaume le Picard était là, il a demandé comment vous alliez ; et, comme il allait repartir, frère Thomas l'a retenu en lui disant que vous le vouliez recevoir.

Un sourire se dessina sur les lèvres minces de Galeran.

– Fais-le donc venir, mon fils.

Quelques instants plus tard, le Picard faisait son entrée.

Le visage du marchand était sombre et ses épais sourcils froncés. Il bougonna, l'air mal à l'aise :

– Je vous salue, messire, vous semblez bien remis, par ma foi. Mais je voulais point vous déranger, c'est ce vieux portier qui comprend rien à ce qu'on lui dit, il est, par ma barbe, plus sourd qu'un pot de terre !

– Laissez donc, maître Guillaume, je suis, au

contraire, fort aise de vous revoir, d'autant que j'ai appris que vous vous étiez enquis plusieurs fois de ma santé ces jours-ci.

– Euh, oui, on peut dire ça comme ça… grommela l'homme visiblement désemparé.

– C'est bien aimable à vous, fit courtoisement le chevalier, je vois que vous prenez soin de vos futurs clients. Vous êtes un homme avisé, ainsi que vous me l'aviez dit l'autre jour. Dans votre profession, c'est la règle, n'est-ce pas ? Mais ne restez pas debout, asseyez-vous, je vous prie.

– Oh, mais je vais pas rester… répondit l'autre, j'ai affaire, vous savez, c'est plus les huit jours francs, maintenant.

– Je m'en doute bien, allez, avec la foire aux draps qui bat son plein ; pourtant, notre marché tient toujours…

– Euh, quel marché ? demanda le Picard.

– Vous savez bien, vous devez faire le tour des bourdeaux, pour mon compte ! s'exclama Galeran. De quoi voulez-vous qu'il s'agisse d'autre ? Mais dites-moi, mon maître, vous n'avez point l'air à l'aise dans votre chainse !

– C'est ces maudits Flamands, messire, c'est à cause d'eux, ils me tuent à la tâche, s'excusa le Guillaume d'un ton bourru. Mais pour le marché, ça tient toujours, cocu qui s'en dédit. D'autant que j'ai appris le vilain sort de l'autre fillette.

– Ah oui, vous avez aussi appris ça, fit Galeran, et nous ne pouvons laisser impunis de tels crimes, n'est-ce pas ? Vous, surtout, qui n'aimez point qu'on touche aux fillettes.

– Oh, mais c'est déjà puni, messire, vous saviez pas que le comte avait pendu les ladres ?

– Et vous pensez que c'était les assassins des deux petites ?

Le bonhomme eut un vilain rire.

– Foutre, c'est pas à moi de savoir. J'ai seulement écouté ce que disaient les mauvaises langues !

– Bon alors, tenez, attrapez ça en attendant ! fit le chevalier en lançant une bourse de cuir au Picard.

L'homme saisit la bourse au vol, en défit le cordon et siffla, tout à coup ragaillardi.

– Tope là, messire, ! Avec ça, j'vas commencer tout de suite l'ouvrage, les Flamands attendront, et si y'a d'autres fillettes, je les trouverai ! fit-il en se levant.

– Je n'en espérais pas moins de vous, fit le chevalier. Revenez quand vous voudrez, ceci est un acompte, il y en aura d'autres.

– Merci, mon prince, fit le Guillaume en s'inclinant très bas avant de sortir.

Le chevalier resta un long moment songeur, puis il retourna à la tablette qu'il avait cachée sous sa paillasse. Le visage grave, il observa les méandres du dessin qu'il avait tracé dans la cire, y ajoutant quelques mentions de la pointe de son stylet.

Il avait dressé là un plan assez précis des rues de Provins et, grâce aux renseignements fournis par Simon, y avait ajouté l'emplacement des demeures de quelques notables.

Presque toutes étaient situées, comme celles de la belle Mahaut et des Siciliens, au pied du palais comtal, de part et d'autre de la côte du Murot et de la grande rue Froidmantel.

Et tout à coup, il eut la certitude qu'il avait sous les yeux l'explication des crimes qui empoisonnaient Provins. C'était là, et nulle part ailleurs, qu'il fallait chercher la racine du mal qui rongeait la ville marchande, et racine était le mot juste. Car elle était enfouie au plus profond de la cité et possédait plus de ramifications qu'il ne l'avait soupçonné tout d'abord.

Mais la grande inconnue, dans tout cela, était la part qu'y prenait le jeune comte. Était-il complice, brigand… ou victime ?

Le chevalier eut un soupir. Le Large croyait à sa propre force, à sa toute-puissance parce que, pour l'heure, rien ne semblait pouvoir freiner ses immenses ambitions. Il croyait tout commander, tout prévoir et, sans doute, était-il devenu trop confiant… De là à se faire mener par le nez !

N'importe, il était temps de se mettre à l'ouvrage. Attendre davantage risquait de mettre d'autres vies en danger. Il savait que l'adversaire, quel qu'il fût, ne reculerait devant rien, et surtout pas devant les crimes de sang.

Il savait aussi que, comme pour l'Hydre de Lerne, il ne suffisait point de couper une tête, mais qu'il faudrait les consumer toutes et anéantir ce qui pourrait les ramener à la vie !

Il alla à sa besace et revint avec une feuille de parchemin. Saisissant la plume d'oie que lui avait prêtée le prieur, il la trempa dans l'encrier et, d'une belle et souple calligraphie, commença ainsi sa lettre :

« Messire comte,
Vous avez mandé mon aide et, devant Dieu qui
nous regarde, je vous l'ai accordée.
Permettez-moi aujourd'hui de vous dire que
je sais quels sont ceux qui s'opposent à vos
ambitions généreuses.
Étant encore fort diminué par ma blessure, je
vous serais reconnaissant de réunir les personnes
ci-après, demain, après l'office de prime,
au prieuré de Saint-Ayoul. Devant vous, je dési-
gnerai alors ceux qui s'exposent à votre sainte
colère et à une mort infamante.
Sachez, messire comte, que devant Dieu, mon
impatience de châtier les coupables,
n'a d'égale que la vôtre.
Galeran de Lesneven. »

Suivait la liste d'un certain nombre de proches et de notables de l'entourage du comte.

Galeran replia le parchemin et le cacheta. Un sourire flotta sur ses lèvres, il savait qu'ici, à Saint-Ayoul, tous devraient déposer les armes avant de pénétrer dans la grande salle et que, devant Dieu, ils se sentiraient nus.

Le chevalier ne put s'attarder davantage sur son ouvrage, car Simon vint le prévenir que les Siciliens étaient arrivés avec leur malade et l'attendaient à l'infirmerie.

– Tiens, fils, fit Galeran en refermant la porte, remets ça discrètement au frère infirmier quand nous en aurons terminé ; il a ses entrées au château comtal, même la nuit, je sais qu'il soigne une des proches parentes d'Henri. Qu'il ne donne de ma part ce parchemin qu'au Large en personne, et à nul autre.

– À vos ordres, messire, fit l'écuyer en glissant le vélin cacheté dans son bliaud.

Mis en présence du malade, le frère infirmier ne put rien ajouter au diagnostic du chevalier, mais il s'engagea à s'occuper du vieux Sicilien du mieux qu'il le pourrait. Cette assurance parut satisfaire Tancrède qui, par ailleurs, avait sympathisé avec le rude prieur de Saint-Ayoul. Avec l'accord de celui-ci, il laissa deux hommes pour garder son seigneur, et il fut convenu qu'Alfano, au cas où il reprendrait connaissance, ne mangerait ni ne boirait rien que ses soldats n'eussent auparavant goûté.

Tancrède rejoignit ensuite Galeran dans sa cellule et discuta longuement avec lui. Il lui fit part également de son envie de conduire les Chinois au prieuré, sous la protection de Saint-Ayoul.

– Je ne crois pas que ce soit opportun, déclara gravement Galeran.

– Opportun, que voulez-vous dire ? Et pourquoi pas ? rétorqua le jeune homme en se levant avec brusquerie.

– Avez-vous songé, Tancrède, que Liou Fei-tchang et Chaton de Saule pourraient bien n'être pas étrangers au meurtre de vos gardes, et peut-être même responsables de l'inquiétante torpeur dans laquelle se trouve le seigneur Alfano ? Je vous le rappelle, ni le frère infirmier ni moi-même ne connaissons la drogue qui l'a mis dans cet état.

Une expression lasse passa sur le beau visage du Sicilien.

– Oui, j'y ai songé, messire ! Bien sûr, j'y ai songé ! Vous l'avez vu. Mais ils sont si différents de nous, que puis-je savoir de leurs pensées ou de ce qui motive leurs actes ? Et pourtant, je n'arrive à croire qu'ils puissent être coupables de quoi que ce soit.

– Et pourquoi cela ? demanda simplement le chevalier. Ne trouvez-vous point inquiétants les propos du vieil homme.

– Je ne sais pas pourquoi ! s'écria le jeune homme, son visage s'enflammant d'une subite colère.

– Oh si, vous le savez ! Tancrède… Tancrède, je voudrais avoir totalement confiance en vous, et il est un point sur lequel vous ne m'avez pas tout dit, reprit le chevalier en regardant le jeune homme droit dans les yeux.

Tancrède se détourna et alla à la fenêtre de la cellule, avant de revenir lentement vers Galeran.

– Vous avez raison, chevalier. Je sais pourquoi je ne veux point les croire coupables. Car si Liou Fei-tchang est coupable, Chaton de Saule l'est sans doute aussi. Et cela, fit rageusement le Sicilien en assenant un formidable coup de poing sur la table, je ne peux l'admettre ! C'est vrai, Galeran, je crois que j'aime cette femme ! Autant qu'il est possible d'aimer, malgré sa différence, malgré nos différences. Je ne veux pas imaginer cette enfant subissant les ruades infectes de ce vieillard. Et pourtant, elle m'a avoué elle-même leurs relations, non sans fierté d'ailleurs, et je ne l'en aime que davantage.

Le jeune homme se tut.

– Asseyez-vous, Tancrède, fit doucement Galeran.

Le jeune homme se laissa lourdement tomber sur un des tabourets, murmurant :

– Vous croyez donc qu'ils sont coupables ?

– Oui et non, fit Galeran, ce n'est point si simple, malheureusement. Voulez-vous réellement m'aider à trouver la vérité, même si elle se révèle cruelle ?

– Je le veux, fit Tancrède dont la voix s'était affermie. Mieux vaut la vérité que ce doute qui me serre le cœur et m'obscurcit le jugement !

– Alors, demain, tenez-vous prêt, j'aurai besoin de vous. Combien d'hommes pouvez-vous rassembler ?

– Je peux réunir vingt soldats, et trois ou quatre solides serviteurs. Car il me faut laisser du monde pour la protection de la maison, des marchands et de notre camp aux prés Faussart.

– Cela suffira amplement. Je serai à l'aube, rue des Vieux-Bains.

41

La nuit était douce, le ciel clair et empli d'étoiles.

Par la petite fenêtre de la cellule, la brise d'automne apportait les derniers bruits de la ville. Le couvre-feu avait résonné et les rues se vidaient, bon gré mal gré, de leur populace.

Le chevalier n'avait pas fermé son volet, et la lune éclairait sa couche.

Il s'était endormi, tourné vers le mur, et sa respiration régulière soulevait les couvertures qui le recouvraient.

Il y eut un glissement furtif puis le silence retomba.

Sur le rebord de la fenêtre étaient apparues deux mains aux doigts noueux.

Enfin, une silhouette difforme se découpa dans le clair de lune puis se laissa couler sans bruit à l'intérieur de la chambre.

L'intrus resta immobile un instant, attentif au moindre bruit, puis se mit à ramper lentement, approchant, pouce par pouce, de la paillasse où reposait Galeran.

Parvenue au chevet, l'ombre se dressa d'un bond au-dessus du lit, le bras levé brandissant un long coutel.

En un éclair, le chevalier jeta ses couvertures sur l'intrus qui s'effondra en poussant un hurlement aigu.

L'être qui se débattait et que le chevalier

désarma et maîtrisa d'une seule main n'était pas plus lourd ni plus fort qu'un enfant.

En le traînant jusqu'à la fenêtre, Galeran put contempler le visage blême et ruisselant de sueur de celui que l'on appelait le Rat.

Le nain dont lui avait parlé son écuyer, celui qui l'avait conduit chez la belle Mahaut, celui qu'il avait lui-même sauvé des pattes du naïf joueur, dans la taverne de la rue des Marais.

Pour l'heure, assis sur son séant, il s'était mis à geindre d'horrible manière.

— Foutre, boucle-là, je ne t'ai point blessé, ce me semble… grogna le chevalier qui s'interrompit brusquement. Par saint Michel, tu pues le sang !

Sur la grossière chainse de toile pelée de l'avorton et ses braies malpropres s'élargissaient de larges tâches noirâtres, et la lame du coutel qui s'était brisée sur le dallage était souillée, elle aussi, de sinistres traînées.

— Qu'est-ce donc que tout ce sang, puisque ce n'est ni le tien ni le mien ? gronda-t-il en secouant rudement Coridus.

— Celui que tu as versé, Satan ! hurla soudain le nain, le visage déformé par une rage démentielle.

— Qu'est-ce que tu racontes ? Explique-toi, que diantre !

— C'est toi qui l'as tuée, maudit ! Et je te tuerai, moi aussi, avec ce maudit coutel !

— Que veux-tu dire ? Par Dieu, parle ! Qui a été tué ? ordonna le chevalier qui sentit une douleur dans la poitrine, comme si son cœur avait cessé de battre.

– C'est vous ! C'est vous ! hurlait maintenant le nain d'une voix suraiguë en se roulant sur le sol.

– Messire, messire, fit la voix alarmée de Simon qui ouvrit brutalement la porte. Je n'arrivais point à dormir et je… mais c'est le Rat ! Mon Dieu, mais d'où sort-il ainsi, il est couvert de sang, messire, qu'est-ce que vous lui avez fait ?

– Demande plutôt ce qu'il voulait me faire, fit le chevalier en désignant le poignard d'un air sombre.

– Lui qui n'avait qu'un vilain petit coutel, il s'était bien armé, dites-moi ! observa simplement Simon.

Le Rat, qui s'était calmé, les regardait maintenant comme s'il ne les reconnaissait pas. Et soudain, avant que les autres puissent faire un geste, il bondit, décocha un coup de poing entre les jambes du chevalier, évita Simon et se jeta à corps perdu dans le couloir, par la porte ouverte.

Avec un hurlement de douleur et de colère, Galeran s'était plié en deux, tandis que l'écuyer partait en courant à la poursuite du nain.

Il revint au bout d'un moment, la mine penaude.

– Il m'a échappé, messire. Mais que faites-vous donc ?

Encore pâle, le chevalier s'était habillé, avait enfilé sa broigne et attaché le fermail de sa cape, son épée pendait à son côté, ainsi que son coutel.

– Viens, Simon.

La mine du chevalier était si sombre que cela troubla le jeune garçon.

– Oui, messire. Mais nous allons où ? On va poursuivre le Coridus ?

– Non, tu verras bien assez tôt où nous allons, répondit le chevalier, d'une voix que le petit ne lui connaissait point. Je crois, mon ami, que j'ai commis une faute impardonnable.

42

Quelques instants plus tard, les deux hommes étaient devant la porte de la rue d'Enfer.

L'écuyer allait frapper à l'huis, lorsque Galeran retint son bras.

– Reste là, Simon, attends-moi ici.

La porte était entrebâillée, le chevalier dégaina son épée et la poussa. N'arrivant à l'ouvrir complètement, il se glissa entre le mur et le vantail, et se retrouva dans l'antichambre aux murs de cordouan.

Une petite lampe à huile brûlait doucement, éclairant le dallage de marbre, inondé de sang.

L'immense corps du portier était allongé de tout son long derrière la porte, la gorge tranchée, la tête presque détachée du tronc.

Une horrible grimace déformait ses traits, et ses doigts crispés tenaient encore son trousseau de clefs.

« A-t-il voulu s'échapper ou ouvrir à quelqu'un

de sa connaissance ? songea Galeran en le regardant. En tout cas, son assassin était déjà derrière lui et n'a eu qu'à le maintenir pour lui trancher le col. Il ne s'est même pas débattu, on dirait. »

Le chevalier se retourna, soulevant les tentures du bout de son épée, avant d'appeler son écuyer :

– Entre, Simon ! Maintenant, quoi qu'il arrive et quoi que tu voies, silence ! murmura Galeran en refermant les verrous derrière eux. Il se peut que celui ou ceux qui ont fait ça soient encore là.

– Oui, maître, dit fermement le garçon en jetant un bref coup d'œil au cadavre du portier.

Le chevalier s'avança sous l'arche sculptée qui donnait sur le patio. On en voyait les moindres détails, tant il était éclairé par la lune.

Des traînées de sang souillaient les allées du jardin. Sur le sol, derrière le bassin de pierre, dépassait un bras de femme.

Le chevalier murmura, en se penchant vers Simon :

– Éteins ta torche, il y a des bougies et des lampes allumées partout dans cette maison. Et dehors, le ciel est si dégagé qu'on y voit comme en plein jour. Attends-moi, je vais voir si je peux encore quelque chose pour celle-là.

En voyant son maître s'éloigner, le gamin serra plus fortement son coutel.

Il songeait que les romarins étaient devenus aussi blêmes que le cadavre du portier et que le bruit du jet d'eau dans le bassin de céramique sonnait comme un sinistre glas.

– C'est une des filles de Mahaut, fit Galeran en revenant vers lui, elle est morte, elle aussi ; plusieurs coups de coutel. Elle a réussi à se traîner ici où on l'a probablement achevée ! Combien m'as-tu dit qu'elles étaient ?

– Cinq, messire, enfin, je crois, murmura Simon d'une voix étranglée. Vous croyez pas que tout le monde est mort, dites ? Et elle… et Mahaut ?

– Tais-toi ! gronda Galeran.

Le chevalier se dirigea, à grandes enjambées, vers la pièce où la belle Chartraine l'avait reçu quelques jours auparavant. S'il marqua une brève hésitation avant de pousser le battant, Simon ne s'en aperçut pas.

Là aussi, tout était silencieux, et la grande chambre, jonchée de peaux de bêtes et de coussins multicolores, était déserte. Une petite lampe diffusait une clarté bleutée.

Sur le grand plateau d'argent étaient disposées deux coupes encore emplies d'un reste de vin. La belle Mahaut avait apparemment reçu une dernière visite, avant de disparaître !

Simon, qui avait suivi le chevalier, fixait les coussins où elle s'était allongée. Il sentit ses cheveux se dresser lentement sur la tête. Un des coussins avait remué, et un gémissement inhumain et plaintif s'en élevait soudain !

Galeran se tourna aussitôt vers lui.

– Ne bouge pas ! ordonna-t-il.

Il souleva le coussin du bout de son épée et se pencha soudain pour attraper ce qui se cachait dessous.

Le minuscule marmouset lui glissa entre les doigts, s'enfuyant par la fenêtre ouverte donnant sur le patio. Le gémissement lugubre retentit une fois encore, puis se tut, et le silence retomba.

– Qu'est-ce que c'était que ça ? fit Simon.

– Ce n'était que le petit singe de Mahaut, répondit le chevalier. Viens, il nous faut visiter le reste de la maison.

Dans la chambre de l'autre côté du patio étaient les quatre autres nonnes du « petit couvent » de Mahaut.

L'une d'elle respirait encore faiblement, le flanc percé d'une déchirure béante d'où s'écoulait sa vie, les deux autres étaient mortes étripées.

Aidé de Simon, Galeran se précipita vers la survivante. Il prit un morceau de drap qu'il déchira entre ses dents et appliqua en boule sur la plaie pour arrêter le sang. Il enserra ensuite le torse de la femme d'une bande de tissu qu'il noua.

– Donne-moi une de ces fourrures, vite, encore une ! Elle se refroidit. Place-lui ce coussin sous la tête. Courage, petite !

Une fois le coussin placé sous la nuque de la pauvre fille, Simon s'était redressé.

Il regardait sans comprendre les viscères roses qui s'étaient échappées des ventres ouverts de ces rudes femelles. Il les revoyait encore, grasses et belles, prenant ces postures qui l'avaient tant fait rougir. Il les revoyait, pleines de vie, leurs longs cheveux épars, le rire aux lèvres, se moquant de lui.

L'odeur était insupportable. Un haut-le-cœur le

prit, il pâlit et se précipita derrière un rideau, se pliant en deux pour vomir.

Quand il revint, la bouche souillée et le front en sueur, son maître lui posa la main sur l'épaule.

– Il faut continuer, petit, nous reviendrons ensuite la chercher.

Ils visitèrent les communs, une cuisine, une chambre qui avait dû être celle du portier, mais ne trouvèrent aucune trace de Mahaut.

– Il ne reste plus que les étuves, murmura Simon, et là aussi, je me rappelle, y'avait une des filles qui massait cet apothicaire, ce Gropius.

– Qu'est-ce que tu dis ?

– Ben oui, messire, y'a des étuves. C'est de ce côté, un grand escalier de pierre derrière une petite porte, on a dû passer devant sans faire attention.

– Montre-moi, vite ! fit fébrilement le chevalier.

Ils arrivèrent bientôt au seuil de la salle des étuves, dont le chevalier repoussa du pied la porte massive.

Galeran entra le premier. Une petite lampe était encore allumée dans la salle basse, diffusant une clarté glauque sur les murs ruisselants d'humidité.

Le chevalier traversa rapidement la pièce, passant, sans les voir, à côté des bancs et des cuves emplies d'eau chaude.

Sur la table de massage gisait une forme blanche à moitié nue, dont les voiles traînaient à terre.

La belle Mahaut, un mince filet de sang séché au coin des lèvres, fixait Galeran de ses grands yeux étonnés.

On ne lui avait pas appliqué le même traitement qu'aux autres. On l'avait attachée à la table, et les coups de couteau qui marquaient ses seins menus, ses bras graciles et son cou n'étaient pas faits pour tuer… du moins pas tout de suite.

Galeran plaça son poing devant sa bouche puis il se reprit et se pencha, ramenant avec douceur sur la poitrine de la belle Chartraine les voiles qui pendaient sur le sol et lui ferma les yeux.

– Tu m'avais bien dit que ta vie m'appartenait, murmura-t-il, comme pour lui-même. Pardonne-moi, Mahaut, je n'avais pas compris à quel point c'était vrai !

Il se retourna enfin, cherchant du regard son écuyer.

Celui-ci se tenait derrière lui, très droit, les poings serrés, le visage contracté par une grimace de douleur qui le faisait soudain paraître plus vieux.

43

Après qu'il eut semé Simon dans le dédale des couloirs du prieuré, le Rat avait escaladé le mur d'enceinte et s'était laissé glisser de l'autre côté, dans la rue déserte.

Sans reprendre haleine, il avait couru chercher refuge dans l'ombre du porche de l'église Saint-Ayoul.

Il s'était adossé là, le sang lui battant les tempes, sa mauvaise chainse collée à sa maigre échine.

Devant lui, éclairés par la lune, s'alignaient les loges désertes des marchands et le parvis où seules demeuraient les traces, marquées à la craie, des emplacements des changeurs.

Indifférent à sa présence, un chien efflanqué passa tout près de lui, le nez au sol, en quête de quelque détritus.

Le nain regardait tout cela sans voir, une grimace douloureuse sur sa face grêlée.

Il pensait aux cadavres de la rue d'Enfer, et surtout à Mahaut. Il revoyait le long coutel qu'il avait ramassé près de son corps, une arme qu'il avait déjà vue, mais dont il ne se souvenait l'origine.

Et pourtant, il croyait bien connaître tous les hommes qui fréquentaient le bourdeau, c'était tous des seigneurs ou des notables cousus d'or.

Et il n'en était pas un de ceux-là qui, un jour ou l'autre, n'était venu manger dans la petite main de la jolie tenancière.

Il voyait bien comme ils la regardaient, l'œil allumé, la bouche luisante. Il n'était pas un geste qu'il n'ait observé, pas une déclaration, pas un soupir qu'il n'ait entendu, car il la surveillait avec l'ardeur d'un amant jaloux. Pourtant, elle ne lui avait rien donné. En fait, elle donnait rarement quelque chose à quiconque, songea-t-il pour se consoler.

Et puis, elle avait su la venue, à Provins, de ce maudit chevalier et de son écuyer. Pourtant, il n'était rien d'autre qu'un cadet de famille sans fortune, cela, il l'avait appris depuis.

Mais elle semblait le connaître depuis fort longtemps et tenir à lui, d'une bien puissante façon.

Elle lui avait ordonné de lui amener ce benêt d'écuyer, et après, chaque jour, elle avait attendu le chevalier dans sa chambre, refusant de recevoir qui que ce soit d'autre. Et puis, il était enfin venu la voir, et elle n'avait plus été la même.

Elle était devenue coléreuse, mais surtout, et cela l'avait fort surpris, triste et inquiète.

Oh, il savait bien que ce n'était pas le chevalier qui l'avait tuée. Celui-là, il avait juste voulu le punir de l'avoir ainsi changée, de l'avoir rendue malheureuse.

Il pensa encore à cette mort lente que l'assassin avait infligé à Mahaut, comme un ultime châtiment, et soudain, il sut qui était le meurtrier.

Il sut que c'était ce rude soldat devant qui tous se courbaient, sauf elle. Elle qui, avec son petit air candide, faisait mine de s'offrir à lui devant les autres et, dans l'intimité de sa chambre, ne lui accordait rien.

Elle qui n'avait, qu'une seule fois, accepté d'être sa maîtresse, et qui, de ce jour, ne lui avait plus rien donné, pas même les sourires et les caresses qu'elle lui prodiguait, à lui, le Rat.

L'écho du pas cadencé d'une patrouille dans une ruelle voisine le ramena à la réalité. Il avait peur, il lui fallait fuir à nouveau.

Il s'assura que la voie était libre et repartit en courant, sautant par-dessus les chaînes de fer qui barraient les rues.

De venelles en venelles, il arriva enfin à la clôture de la foire qu'il escalada avec agilité.

Une fois de l'autre côté, il reprit sa course.

Arrivé rue Neuve-Dieu, il s'arrêta soudain, plié en deux. La poitrine lui brûlait d'avoir tant couru, et ses courtes jambes tremblaient sous lui. Il ne pouvait aller plus loin

Il avisa une remise à bois, adossée à une pauvre maison de torchis.

Après s'être glissé derrière un tas de bûches, il se dissimula sous des fagots de brandes de bruyère, s'en faisant un rempart contre le vent qui maintenant sifflait en rafales. Ainsi pelotonné, il s'endormit aussitôt.

Ce fut la fraîcheur du petit matin qui le réveilla. Les cloches de Saint-Ayoul et de Saint-Quiriace se donnaient le répons, pour l'office de laudes.

Il frictionna ses membres raidis et, se redressant, glissa prudemment un œil en dehors de l'appentis.

Dehors, les volets et les portes des maisons étaient encore clos. Il décida de repartir, traversa le pont Vairon et hâta le pas tout au long de la rue des Marais, là où les tenanciers commençaient à ouvrir boutique.

C'est en arrivant sur le pont Pigy, près du quartier des teinturiers, que les choses se gâtèrent.

Le Rat sauta de côté pour éviter une charrette

tirée par des bœufs, que leur piqueur emmenait vers la foire. C'est à ce moment que la femme qu'il avait bousculée par mégarde hurla.

C'était une jeune filatière qui partait à son ouvrage, sa hotte sur le dos. Elle le regardait en le montrant du doigt et, tout d'abord, le nain ne comprit pas pourquoi elle hurlait ainsi.

Il baissa la tête sur sa chainse et ses braies, couverts de tâches brunâtres, et comprit. Même son visage et ses mains étaient tachés du sang de Mahaut qu'il avait serrée contre lui avant de s'enfuir.

Il fonça tête la première sur la femme qui tomba cul par-dessus tête et s'enfuit de toute la force de ses courtes jambes.

– À l'assassin ! À l'assassin ! hurlait la fille de plus belle.

Et bientôt le cri se répercuta, repris par des dizaines de voix.

Mais Coridus courait toujours, se hâtant vers le quartier du Buat où était sa chambre, cette pièce exiguë aux murs de torchis, dont le plafond dégoulinait d'une eau jaunâtre et glacée. Cette pièce où il espérait pouvoir se réfugier.

Ce qu'il ne savait pas, c'est que la nouvelle des meurtres sanglants de la rue d'Enfer avait déjà enflammé la ville.

Les hommes du prévôt parcouraient les ruelles, annonçant à grands cris le montant de la récompense offerte par le comte et les notables, à qui retrouverait les auteurs du massacre.

– C'est lui ! C'est lui ! criaient des voix dans le dos de Coridus. À l'assassin ! Tuez-le !

« Il faut que je me lave, il faut que je me lave », songeait-il affolé, en obliquant soudain vers la rivière.

Il croyait encore pouvoir s'ensauver, il n'avait pas vu que, derrière lui, des hommes se joignaient aux femmes, que des ouvriers et des enfants, laissant là leurs outils, s'étaient mis à lui donner la chasse.

Il jeta un coup d'œil par-dessus son épaule et aperçut la meute déchaînée qui approchait rapidement.

Il comprit qu'il était perdu. Un moment, il zigzagua parmi les cabanes de torchis, glissant dans la boue, se relevant, essayant en vain de semer ces hommes qui connaissaient mieux le quartier que lui.

Il en arrivait de partout.

Il contournait une des grandes cuves, quand la première pierre le toucha à la cuisse. La douleur irradia jusqu'à ses reins, comme une brûlure.

La deuxième lui heurta le dos.

– Vous ne m'aurez pas, bande de marauds, ruffians, ladres ! hurla-t-il.

Une caillasse bien ajustée lui heurta l'épaule, mais il avançait toujours.

Il ne sentait plus ses jambes et ses pas se ralentissaient de plus en plus, ses pieds s'emmêlant malgré lui.

Une quatrième pierre le frappa aux reins, le projetant à genoux dans la boue. Il se retourna à quatre pattes, regardant la foule qui l'enserrait.

Il vit arriver la pierre qui lui fracassa la mâchoire et n'essaya pas même de l'éviter. Il s'effondra sur le côté, une main sur sa face ensanglantée, hurlant de douleur.

– Tue ! Tue ! À mort ! criait la populace dont le cercle s'était refermé autour de Coridus.

Le visage tordu par la haine, les gens ne voyaient plus en lui que la cause de tous leurs maux, celui qu'il fallait détruire pour que vienne une vie meilleure.

Ce n'était plus une ni deux pierres, mais des dizaines qui volaient maintenant vers le corps difforme, recroquevillé sur le sol, lui éclatant le crâne, lui broyant les membres, entaillant sa chair de mille plaies.

Quand, enfin, la foule se détourna et que le silence retomba sur le quartier, le corps disloqué du Rat avait entièrement disparu sous les blocs de pierres d'un grossier cairn, tout près des cuves des teinturiers.

44

Non loin de là, alors que la lumière de l'aube affleurait à peine les toits de la ville, trois hommes s'étaient glissés dans le souterrain découvert par l'écuyer de Galeran.

Tandis que l'un d'entre eux, muni d'une lourde masse enveloppée de linges, s'attaquait à la cloison de brique, les deux autres retiraient les blocs avant qu'ils ne tombent et les empilaient, sans bruit, sur le côté.

En quelques instants, une ouverture suffisante pour laisser passer un homme fut percée.

Galeran leva sa torche, éclairant, derrière le mur, la trouée obscure d'un long couloir souterrain.

– Vous pouvez aller chercher les autres, Tancrède, fit-il.

Le jeune Sicilien hocha la tête et s'en retourna aussitôt, rue des Vieux-Bains, où l'attendaient les hommes qu'il avait rassemblés.

Un moment plus tard, une vingtaine de soldats, revêtus de broignes de métal et armés de javelines, pénétrait à sa suite dans le souterrain.

– Toi et toi, ordonna Tancrède, vous restez ici, torche éteinte, et empêchez quiconque d'entrer. Toi, tu nous suis en déroulant cette corde, et toi, le porteur de torches, tu restes à ses côtés, à l'arrière.

Puis, se tournant vers le chevalier, il lui tendit son flambeau.

– Nous sommes prêts, chevalier, nous vous suivons.

– Bien, et plus un bruit à partir de maintenant, répondit Galeran en enjambant l'ouverture.

Levant à bout de bras la flamme de sa torche, il observa un instant le souterrain avant de s'y engager. En cet endroit, le boyau était assez large pour laisser passer deux hommes de front et, tout comme celui de la rue des Vieux-Bains, présentait une forme d'ogive. Sur les parois lissées par la main de l'homme, des myriades de petites araignées blanches aux longues pattes s'enfuyaient à leur approche.

Deux par deux, les soldats menés par Giacomo progressaient en silence, leurs javelines bien en main, l'œil aux aguets.

Ils avancèrent ainsi un moment puis, l'air perplexe, le chevalier s'arrêta soudain, éclairant trois ouvertures murées par des briques.

Bien qu'il ne soit pas aussi récent que la paroi qu'ils venaient d'abattre, cet ouvrage ne semblait pas très ancien.

– Qu'y a-t-il, chevalier ? demanda Tancrède.

– Faites ouvrir ça, il y a peut-être encore là quelque passage ou quelque salle. Je veux savoir pourquoi on a fait ces murs.

Le Sicilien hocha la tête et fit signe à Giacomo d'aller lui chercher le porteur de masse.

Bientôt, le grand gaillard fendit les rangs de ses camarades et, aidé de deux autres soldats, s'attaqua à la première paroi.

Sous le choc, un large pan de brique s'écroula d'un coup sur le sol. Tous s'immobilisèrent pendant que le bruit se répercutait de loin en loin dans le souterrain.

Enfin, le silence retomba, et l'un des soldats se décida à regarder par l'ouverture. Il recula précipitamment, se signant à plusieurs reprises.

Une odeur fade, que les hommes ne connaissaient que trop bien pour l'avoir sentie sur les charniers des champs de bataille, montait de ce qui n'était, en fait, qu'un sombre et étroit réduit.

Galeran s'approcha, éclairant de sa torche les silhouettes tassées de trois cadavres. Tout autour, de gros rats dérangés par le bruit couraient en tous sens, en glapissant, avant de disparaître par une fente dans la paroi.

– Mais ce sont des restes d'enfants ! s'exclama Tancrède avec horreur.

Le chevalier hocha la tête et ordonna d'une voix dure :

– Brisez-moi les autres murs !

La mine sombre, les soldats se signèrent puis se remirent à l'ouvrage.

Les autres alcôves avaient, elles aussi, servi de sépultures, mais cela remontait à plus longtemps ; elles ne contenaient plus que des os blanchis et des lambeaux de tissus épars.

45

Un peu à l'écart, les Siciliens s'étaient regroupés, faisant force gestes et échangeant des propos à voix basse.

– Silence, vous autres ! On va repartir, jeta sèchement Tancrède en se tournant vers eux.

– Messire, fit Giacomo, les hommes se demandent s'il n'y a pas là quelque sorcellerie…

– Il n'y a point là autre chose que crimes de

sang, des crimes commis par des hommes, même s'ils n'en méritent point le nom, grogna Tancrède.

– Mais Pietro et Jacopo ont vu des signes, messire, insista le sergent.

– Où ça ?

– Regardez ! fit Giacomo en lui montrant la silhouette d'une sorte de hibou grossièrement gravée sur la paroi de pierre. Ils disent que c'est signe de malheur et de magie et, avec ces cadavres d'enfants à côté, ils pensent qu'il s'est passé là de drôles de choses.

– Êtes-vous des enfançons vous-mêmes, pour avoir peur d'un oiseau dessiné sur un mur ?

Les murmures s'éteignirent dans les rangs des soldats. Tancrède reprit, la voix dure :

– Reprenez vos places. Je gage que vous aurez bientôt à affronter pire que ces foutaises, et que vous saurez me faire honneur.

Galeran qui avait suivi l'altercation remarqua :

– Quel singulier dessin ! En venant, j'en ai repéré d'autres sur les murs, un pendu, une échelle…

– Oui, fit Tancrède, mais ce qui est encore plus singulier, c'est que des guerriers ne reculant devant aucun combat et habitués aux perfidies de la mort perdent leur bon sens dès qu'on parle de mauvais sort… Et j'avoue que je suis de ceux-là, ajouta à mi-voix le jeune homme.

– L'homme est ainsi fait qu'il a davantage peur de ce qu'il ne connaît pas, Tancrède, ce sont les mauvais tours de l'imagination. Pour l'instant, vos soldats doivent croire que nous descendons vers les Enfers. Ils n'ont pas vraiment tort d'ailleurs, fit le chevalier.

La colonne repartit, laissant derrière elle les sinistres caveaux.

Le couloir était de plus en plus étroit et se sépara bientôt en deux branches. Afin de rester groupés, les soldats prirent l'un des boyaux s'enfonçant plus avant dans les profondeurs souterraines.

Soudain, Galeran leva la main, et la petite troupe s'immobilisa en silence.

Le souterrain faisait un brusque coude, et ils percevaient maintenant l'écho étouffé de voix humaines.

– Gardez ma torche, Tancrède, murmura le chevalier, je vais voir de quoi il retourne.

Galeran disparut bientôt à la vue de ses compagnons. L'obscurité se referma autour de lui, il posa sa paume sur une des parois pour se guider, balayant le sol de la pointe de son épée.

À quelques pas devant lui, il aperçut soudain une faible lumière orangée. Les voix semblaient sortir de terre en cet endroit.

Il s'allongea et se mit à ramper, gagnant ce qui n'était autre que l'orifice d'un puits.

C'était de là que venaient les éclats de voix et la lueur qui l'avaient intrigué.

Une dizaine de petites lampes à huiles, glissées dans des niches, éclairaient des échelons de métal noir.

Tout en retenant son souffle, le chevalier se glissa sans bruit par l'ouverture et descendit.

Enfin, se tenant d'une main à l'un des derniers échelons, il se pencha et regarda en bas.

Deux hommes étaient assis à une table dans une grande salle jonchée de paille… Et au fond, dans la demi-pénombre, des silhouettes confuses restaient étendues à même le sol.

Les deux compères agitaient un cornet et lançaient les dés.

L'un d'eux éleva la voix :

– Va falloir sortir tes deniers, mon frère, et c'est pas tout ça, j'ai le gosier à sec…

Galeran n'en écouta point davantage et remonta en hâte, allant chercher Tancrède. Il s'entretint avec lui un moment puis, sans bruit, les soldats prirent place, de part et d'autre du puits.

Le chevalier descendit de nouveau, se laissant tomber sur le sol de la salle, suivi de Tancrède et de cinq gardes.

En quelques enjambées, Galeran fut sur les deux ivrognes, renversant la table et assommant le premier gaillard d'un formidable coup de poing entre les deux yeux.

Tancrède l'avait rejoint d'un bond et, se saisissant d'un des tabourets, il l'abattit sur la tête du second maraud qui s'effondra sans un cri sur le sol.

C'est alors qu'ils entendirent un terrifiant bruit de chaînes et virent se dresser contre le mur, au fond de la salle, des ombres que les soldats superstitieux prirent d'abord pour des spectres et qui n'étaient que de pauvres enfants !

Galeran et Tancrède échangèrent un bref regard empli de colère.

Un bruit de course, venant d'un couloir souterrain derrière eux, les fit soudain sursauter.

Bientôt déboula en vociférant dans la salle un gros et grand gaillard.

– Foin de vous, qu'est-ce que c'est ce boucan ! Qu'est-ce que vous leur faites aux gamines ?

Le gros homme s'arrêta net en voyant ses camarades par terre et des soldats au teint basané dressés devant lui.

Il fit mine de fuir, mais Galeran l'avait déjà attrapé par le col et lui avait placé son coutel sur la gorge.

– Qui es-tu ? fit-il en appuyant fortement sur la lame. Réponds ! Vite ou je te saigne !

L'homme se mit à trembler de tous ses membres et bredouilla :

– Le cuistot, mon seigneur, le cuistot.

– Vous êtes combien, là derrière ?

– Juste moi, mon seigneur, mais ne me tuez pas, gémit-il, je peux vous être utile, je suis pour rien dans tout ça, moi. Je leur veux point de mal à ces fillettes, savez.

– À les voir ainsi, point de bien non plus, maraud, gronda Galeran. Allez, tais-toi, mon coutel me démange, mais si tu as dit vrai, je t'épargne, sinon, tu iras rejoindre tes ancêtres. Allez vérifier s'il y a du monde là-dedans, Tancrède, et prenez garde à vous.

Le jeune homme disparut dans le couloir avec un de ses soldats et revint presque aussitôt.

– Il a dit vrai, c'est un cul-de-sac, il y a là cinq paillasses vides, une cuisine avec un brasero, quelques armes, c'est tout. Point d'autre issue de ce côté.

– Bon, on attache ces trois gaillards et on les bâillonne, ordonna Galeran, ces deux-là restent ici, et celui-là, il vient avec nous. Trouvez-moi les clefs des chaînes qui retiennent ces malheureuses.

– Tenez, ça doit être ça, fit Tancrède qui avait enlevé un large trousseau du ceinturon d'un des geôliers.

Il se redressa et regarda les petites.

– Qu'est-ce qu'on fait de ces malheureuses ? demanda-t-il, on peut pas les laisser comme ça.

– On ne peut pas les sortir non plus, sans avoir vérifié qu'il n'y a pas d'autres ruffians dans ce maudit souterrain, fit sombrement Galeran. Dites à vos gars d'amener le brasero de la cuisine au centre de cette salle et d'en ranimer la flamme. S'ils trouvent des couvertures dans le réduit, qu'ils en couvrent les plus mal en point. Que deux de vos hommes s'en occupent, qu'ils ôtent les chaînes et qu'ils les fassent rester tranquilles, en attendant que nous venions les rechercher.

Le gémissement d'une des fillettes fit de nouveau lever les yeux du chevalier et de son compagnon.

Il y avait là des gamines de tous âges, certaines ne devaient guère avoir plus de cinq ou six ans, d'autres étaient déjà jouvencelles. Leurs maigres chevilles étaient enserrées dans des anneaux de fer glissés dans une longue chaîne qui les maintenait toutes ensemble.

La paille n'avait pas dû être changée depuis plusieurs jours, et les gamines étaient souillées d'excréments et d'urine. Leurs corps décharnés étaient marqués par des zébrures de fouets et elles grelottaient de froid.

Le chevalier s'adressa à elles d'une voix douce :

– Y'en a-t-il parmi vous qui me comprennent ? N'ayez crainte, il ne vous sera fait aucun mal, nous allons bientôt vous sortir d'ici.

Un long silence plana, juste rompu par les halètements des enfants et par leurs gémissements. Les yeux dilatés par la peur, elles continuaient à regarder fixement les hommes d'armes.

Enfin, une petite voix grêle s'éleva. C'était celle d'une brunette qui se tenait difficilement debout, tant ses jambes et ses pieds nus étaient couverts de plaies. « Elle ne doit guère avoir plus de sept ans, » estima le chevalier.

– Moi, messire, fit-elle. Les autres, hormis ma voisine qu'est bien mal en point, elles sont pas de par chez nous. Elles parlent de drôles de patois, voyez.

Galeran regarda la fillette allongée au pied de la brunette. Elle tremblait sans pouvoir s'arrêter et était si jaune qu'on eût dit une statue de cire.

– D'où viens-tu, toi ? fit le chevalier en faisant signe à Tancrède de lui donner l'une des couvertures.

– De Troyes, messire. Comme une folle, je m'étais ensauvée de chez mes parents et j'avais vu passer des chariots. J'suis montée dedans et mal m'en a pris, c'était des pauvres filles qu'étaient enfermées là.

– Écoute-moi, fit Galeran en couvrant l'enfant malade, nous allons revenir te délivrer avec tes compagnes dans peu de temps, je t'en fais promesse. Tu me crois ? Oui ? En attendant, serre-toi contre ton amie, elle a besoin de ta chaleur. On va vous ôter vos chaînes.

Le fillette hocha la tête, se couchant docilement contre sa compagne. Elle claquait des dents sans pouvoir s'arrêter et semblait à peine comprendre ce qui lui arrivait.

Galeran lui caressa la joue et se redressa.

– Allez avance, le cuistot ! ordonna-t-il en attrapant le prisonnier par le bras. C'est moi qui vais m'occuper de toi ; et tâche de filer doux si tu ne veux pas que je t'embroche comme une volaille !

46

Quelques instants plus tard, les soldats avaient rejoint leurs camarades dans le tunnel.

– Je vais voir si nous pouvons passer par là, fit Galeran en montrant, au-dessus de leurs têtes, un puits fermé d'une trappe.

Il sauta pour attraper le premier échelon et

grimpa avec agilité. La trappe n'était point fermée, il la souleva et glissa un œil par la fente.

Elle donnait dans la grande cave voûtée d'une maison de ville, et aucun bruit n'en venait troubler le silence.

Le chevalier prit pied sur le sol dallé, faisant signe à ses camarades de le suivre et de hisser leur prisonnier.

Une fois dans la cave, Tancrède et les Siciliens se dispersèrent en silence, inspectant chaque recoin et découvrant une seconde pièce emplie de lits de sangle et d'un râtelier plein d'armes.

Galeran plaça son coutel sous le menton adipeux du cuistot et ôta son bâillon.

— Un cri, tu es mort. Où sommes-nous ?

L'autre sembla hésiter, puis lâcha à mi-voix :

— Chez le sire prévôt, messire.

Le chevalier hocha la tête.

— Le prévôt Foucher. Voilà donc sa petite retraite. Continue, il y a des serviteurs là-haut ?

— Juste un vieux serviteur à moitié sourd. Nous, on a notre pièce ici, là où sont vos hommes, c'est là où on dort parfois, plutôt qu'à la prévôté.

— Tu fais partie de la prévôté, et ceux d'en bas aussi ?

Le gros homme se rengorgea presque :

— Oui, messire, nous avons été recrutés spécialement par le prévôt. Nous sommes, comme qui dirait, sa garde personnelle. Mais aujourd'hui, y'avait que nous trois en bas, et personne ici, hormis le vieux… Le prévôt est au palais et les hommes dans les rues à cause de ce qui s'est passé chez dame Mahaut.

– Tu la connaissais, cette dame ?

– Non, de réputation seulement. Je l'ai jamais vue, c'était pas de la fille à soldats, y'avait que des riches notables à aller dans son bourdeau. Nous on va rue Pute-y-Muce.

– Bon, tiens-toi tranquille maintenant, fit le chevalier en lui remettant son bâillon, qu'un garde reste avec lui. Nous, on monte.

Suivi par Tancrède et ses soldats, Galeran grimpa à l'échelle qui menait au rez-de-chaussée de la maison.

Ils se retrouvèrent dans un réduit servant de cuisine et de garde-manger. Un ronflement sonore les fit sursauter. Devant eux, en travers de son grabat, gisait un vieillard débraillé qu'ils maîtrisèrent sans mal. Profitant de l'absence du prévôt, le vieux serviteur s'était soûlé avant de s'effondrer d'un sommeil sans rêve.

Les hommes pénétrèrent ensuite dans la pièce principale, il n'y avait aucun bruit et l'endroit semblait désert. La maison du prévôt était meublée avec un luxe inouï.

Des fenêtres ornées de vitraux donnaient sur la rue. Un vaisselier sculpté abritait de la vaisselle d'argent et d'or. Au mur était accrochée une fontaine rehaussée de cuivre, d'étain et de pierres fines.

Il y avait là un amoncellement hétéroclite de

meubles précieux, de vaisselles, de chandeliers, de coffres de cuir. On eût dit la maison d'un richissime marchand, bien plus que celle d'un simple prévôt. Des tentures de brocart ornaient les murs, des fourrures couvraient le sol de marbre noir. Une vaste cheminée, qui pouvait accueillir plusieurs personnes sur ses bancs de pierre, occupait tout un pan de la salle.

Un escalier menait à l'étage. Sa rambarde était sculptée de motifs floraux et d'animaux fantastiques.

En haut étaient deux salles, munies de baquets de bois pour prendre les bains, et cinq chambres, elles aussi richement décorées. Des chaînes étaient suspendues aux murs de deux d'entre elles.

– Qu'est-ce que tout ça ? Vous croyez que c'est pour les petites d'en bas ? demanda Tancrède.

La mine sombre, le chevalier ne répondit pas et continua son inspection.

Une toute petite pièce, où se trouvaient un écritoire et des livres de compte, attira son attention. Il feuilleta une pile de parchemins et finit par mettre la main sur ce qu'il cherchait.

Quelques instants plus tard, ils quittaient la demeure du prévôt par le même chemin, emmenant le vieil ivrogne avec eux.

47

Ils reprirent leur lente progression et finirent par aboutir à une porte fermée d'une simple barre de bois.

Le chevalier l'entrouvrit et la referma aussitôt. Ainsi qu'il s'en doutait, la maison de Mahaut et les étuves où elle avait trouvé la mort communiquaient avec ce réseau souterrain dont il mesurait maintenant les imposantes dimensions.

– On fait demi-tour, ordonna-t-il.

– Vous savez où ça mène ? demanda le jeune Sicilien, étonné par ce brusque repli.

– Oui, fit laconiquement Galeran, je vous expliquerai plus tard. Il n'y a plus rien à glaner de ce côté ; nous allons voir ce qu'il en est du passage que nous n'avons pas exploré.

Quelques instants plus tard, après avoir refait tout le chemin en sens inverse, les hommes se retrouvèrent à l'embranchement du début. Au bout de ce boyau, un plan incliné les mena à la cave d'une troisième maison.

L'endroit était empli de tonneaux de sel, de sacs de farine et de provisions de toutes sortes. Dans un angle, une échelle permettait d'accéder à l'étage.

Galeran ôta le bâillon de son prisonnier et, le secouant rudement, lui demanda :

– Chez qui sommes-nous, maintenant ?

– J'sais pas, messire, on venait jamais par ici, nous autres.

– Tancrède, prenez trois hommes avec vous et suivez-moi.

L'échelle les conduisit à une vaste salle aux piliers sculptés, éclairée par d'étroites meurtrières. Rien à voir avec le luxe de la demeure du prévôt.

Ils étaient dans une bibliothèque, emplie d'ouvrages et de paniers de parchemins roulés.

Du plafond pendait une carte représentant le monde.

Des armoires cloutées, munies de cadenas et de chaînes, occupaient tout un pan de la pièce.

– Croyez-vous qu'un de vos hommes puisse ouvrir ça ? demanda Galeran en les montrant à Tancrède.

– Oui, fit le Sicilien en faisant demi-tour, j'ai celui qu'il vous faut.

Il revint bientôt avec l'un des soldats restés dans le souterrain, un gaillard plus large que haut, au visage couturé, ses longs cheveux blonds nattés dans le dos.

L'homme avait le buste protégé par une épaisse tunique de cuir sans manches d'où sortaient des bras aux muscles noueux. Il portait à l'épaule une lourde hache danoise, à long manche.

Il s'inclina brièvement devant le chevalier qui lui rendit son salut et posa son arme contre l'une des armoires, mettant un genou à terre pour examiner le fer des maillons et celui du cadenas.

Enfin, il hocha la tête, marmonna quelques mots à l'attention de Tancrède et se reculant d'un pas, posa le tranchant fortement aciéré de son arme sur la chaîne.

La hache s'éleva puis s'abattit en sifflant, faisant jaillir des étincelles en attaquant le fer de la chaîne.

– À vous, chevalier, fit Tancrède en s'écartant pour laisser passer Galeran.

Celui-ci ouvrit la porte, révélant de petits coffres encordés et scellés de cachets de cire.

Sortant son coutel, le chevalier trancha l'une des cordes et souleva le couvercle d'une première cassette. Un sifflement lui échappa.

– Qu'est-ce… fit Tancrède en se penchant par-dessus son épaule, pour regarder. Par ma foi, voilà de quoi lever une armée !

Le contenu de la caisse luisait d'un sinistre éclat. Ils ouvrirent ainsi un deuxième, puis un troisième coffre. Ils contenaient tous des centaines de deniers d'or, d'argent, ainsi que des monnaies de cuivre.

– Qu'est-ce que cela veut dire ? souffla le Sicilien. D'où vient tout ceci ?

– Je l'ignore, fit Galeran en égrenant les pièces entre ses doigts, mais ce métal souillé, vert-de-gris, est sans doute le prix du sang des fillettes et de bien d'autres trafics.

– Et vous croyez…

– Je ne crois rien, Tancrède, on referme tout ça et on continue.

Une porte s'ouvrait à l'autre bout de la bibliothèque, donnant sur une seconde pièce qui servait apparemment de cuisine, de chambre et de débarras. Il n'y avait point d'autre issue et point d'étage comme chez le prévôt.

L'ensemble était sévère, presque monacal, avec pour tout mobilier un simple lit de sangles et, sur une table, de la vaisselle d'étain.

Galeran revint dans la bibliothèque et examina les ouvrages et les parchemins avec l'aide de Tancrède.

Le jeune Sicilien lui en tendit un, c'était un *Traité de la discipline claustrale.*

– Regardez, chevalier, c'est étrange, celui-ci est dédié au comte Henri, par Pierre, abbé de Montier-la-Celle. Qu'est-ce que cela fait ici ? Et celui-là ? L'*Historia scholastica* de Pierre Comestor, il y a un mot de sa main pour le comte !

– Pierre le Dévoreur était un des maîtres du comte Henri, fit Galeran en reposant une traduction du Coran par Pierre le Vénérable, abbé de Cluny, qu'il était en train de feuilleter.

Un étrange sourire s'était glissé sur les lèvres du chevalier.

– Mais enfin, qu'est-ce que tout cela veut dire ? s'exclama le Sicilien que le calme du chevalier exaspérait. Expliquez-vous ! Sommes-nous, oui ou non, dans une maison appartenant au comte Henri ?

Le sourire s'effaça des lèvres du chevalier ; il regarda gravement le jeune homme.

– La seule chose que je sais, Tancrède, c'est que nous jouons une rude partie d'eschets et que si je me suis trompé, nous sommes perdus !

– Que voulez-vous dire ?

Le chevalier se pencha vers lui et lui murmura quelques mots à l'oreille. Tancrède pâlit puis hocha la tête.

Ils se remirent à l'ouvrage, passant en revue quantité d'ouvrages grecs et latins, de traités de médecine, de musicologie, de physique, de mathématiques et des récits de voyage rédigés en plusieurs langues.

L'homme qui vivait là était un fin lettré, lisant et écrivant non seulement le grec et le latin, mais aussi l'arabe.

— Nous en savons plus qu'assez maintenant, décréta soudain Galeran. Que vos hommes ramènent comme ils pourront, le plus discrètement possible, les fillettes au prieuré. Le mieux, c'est de les placer dans un de vos charrois bâchés. Voici mon laissez-passer. Avec cela, les hommes du prévôt ne vous fouilleront pas. Il faut nous dépêcher maintenant, nous ne sommes certainement plus très loin de l'office de prime, et nombre de notables de cette ville, dont le prévôt, vont se réunir sur ma demande à Saint-Ayoul, sous l'œil du comte Henri et de notre ami le prieur Bernard.

Le jeune Tancrède hocha la tête et remarqua :

— Vous allez vite en besogne, chevalier.

— La rapidité est notre seule sauvegarde, fit simplement Galeran. Il faudra que vos soldats prennent place dans la salle voisine de celle du chapitre. Il se peut que nous ayons besoin d'eux.

— Cela sera fait.

– Et faites aussi mener les Chinois au prieuré.

– Mais pourquoi maintenant ?

– Disons que c'est pour leur sécurité, fit Galeran.

SIXIÈME PARTIE

« Abyssus abyssum invocat. »
L'abîme appelle l'abîme.

David, XLII, 8.

48

Ce matin-là, le prieuré de Saint-Ayoul avait pris des allures de camp retranché, et, dans la grande cour pavée, se pressaient plus de soldats et de destriers que de moines.

Très calme au milieu de cette agitation inhabituelle, le prieur donnait des ordres aux palefreniers, faisait dételer les chariots qui avaient amené les fillettes et conduire toutes les montures aux écuries. Il semblait étonnamment à son aise dans ces préparatifs guerriers et n'eût point choqué avec l'épée au côté. La vue des malheureuses prisonnières l'avait enflammé d'un tel accès de colère que Galeran et Tancrède avaient craint qu'il ne se livre à quelques extrémités lors de l'assemblée, mais il avait rapidement repris son calme et dit avec simplicité aux deux hommes :

– Je ne laisserai pas impunis de tels crimes, quels qu'en soient les coupables, et quoi qu'il m'en doive coûter.

Et ils avaient su que Bernard de Saint-Ayoul disait vrai.

49

Les premiers soins avaient été donnés aux fillettes. Des servantes les avaient lavées et avaient pansé leurs plaies souvent purulentes. Elles leur avaient servi un bon repas avant de les conduire en la chapelle, où le prieur avait fait installer des lits de fortune et où se reposait déjà la blessée de la rue d'Enfer. Le frère infirmier, aidé d'un novice, allait de l'une à l'autre administrer potions, calmants et onguents.

Les portes de la petite chapelle avaient été refermées, et Tancrède avait posté devant des soldats siciliens armés de javelines. Les petites étaient désormais placées sous la protection de Dieu et de ceux qui étaient à son service.

Peu à peu, le silence était retombé sur l'enceinte sacrée, la cour avait repris son aspect ordinaire, et les moines vaquaient à nouveau à leurs occupations, tandis que les premiers pèlerins quittaient le dortoir commun pour se rendre à l'office de prime.

Les cloches de Provins carillonnaient encore, quand une troupe à cheval dévala la côte du Murot et pénétra dans la basse ville, jusqu'aux portes du prieuré.

Le seigneur comte de Provins et ses féaux posèrent pied à terre, demandant qu'on leur ouvre.

Aussitôt, laissant frère Thomas à la porterie, Simon courut avertir Galeran qui se reposait en sa cellule.

50

La salle du chapitre, aux murs recouverts de boiseries sombres, était maintenant pleine d'une assemblée inquiète de notables et de chevaliers.

Des petits groupes s'étaient formés, parlant à mi-voix, mal à l'aise en cette heure si matinale et dans ces lieux réservés d'habitude aux religieux.

Silencieux, le comte se tenait debout, un peu à l'écart, avec à son côté son fidèle compagnon de croisade, Anseau de Rozay.

Les conversations se turent d'un coup quand le prieur et ses moines entrèrent, suivis de Galeran et de son écuyer.

Un à un, les moines se dirigèrent en silence vers leurs places habituelles. On n'entendait plus que le raclement de leurs sandales sur le sol.

Ils restèrent debout devant leurs stalles, immobiles et sévères, en deux rangées solennelles qui entouraient les notables provinois.

Le visage du comte s'était éclairé à la vue du chevalier ; il s'avança vers lui, les bras grands ouverts, et lui donna l'accolade, le gardant un long moment serré contre sa poitrine.

– Ah ! mon ami ! s'exclama-t-il enfin en reculant d'un pas pour mieux le regarder, j'étais inquiet, mais je vous vois en meilleure santé que je n'espérais. Anseau est venu s'enquérir de vous maintes fois, et le prieur ne l'avait point rassuré sur votre état.

Le compagnon du comte s'était approché d'eux, il ajouta d'une voix grave :

– J'ai même cru, à l'entendre, qu'il n'y avait guère d'espoir de vous sauver, et je constate avec plaisir que, hormis cette méchante blessure à la tête, vous semblez remis, chevalier.

– Et moi, je vous sais gré de vos démarches, fit Galeran en se tournant vers le jeune seigneur, mais laissons cela. Il y a plus grave aujourd'hui, et je vous remercie d'avoir si vite répondu à mon appel. Je vois que vous avez réuni tous ceux que j'avais requis.

– Une liste fort singulière et un endroit pour s'expliquer qui ne l'est pas moins, remarqua froidement Henri.

– Nous nous demandions pourquoi vous aviez choisi le prieuré plutôt que le palais comtal ? fit Anseau de Rozay, dont les yeux verts restaient fixés sur le chevalier. Mais vous n'êtes point de ceux qui font des gestes inutiles, ou disent des paroles dénuées de fondement.

– Je gage qu'en y réfléchissant, vous trouverez bien la réponse à vos questions, messires.

– Peu importe, peu importe, grommela le jeune comte qui semblait soudain perdre patience. Vous avez donc découvert ceux qui ont tué les gardes du seigneur Alfano ? Mais je ne le vois point, pourquoi n'est-il donc pas ici ?

– Il est alité, messire, et s'est fait représenter par le chevalier Tancrède.

– Ce vieux seigneur est donc au plus mal ? Que lui est-il arrivé ? demanda vivement Anseau.

Galeran éluda la question.

– Avec l'aide de Dieu, il se remettra bientôt. Quant au fin mot de l'énigme, messire comte, point seulement. Si votre ville n'avait recelé qu'une seule énigme, je crois que vous n'auriez point fait appel à moi pour la résoudre, répondit Galeran en regardant Henri bien en face.

Les sourcils du Large se froncèrent comme sous l'effet d'une subite contrariété, puis il donna une bourrade au chevalier.

– Sang Dieu, c'est cela que j'aime en vous, mon ami ! Eh bien, allons-y, mon père, fit-il en se tournant vers le prieur qui attendait à quelques pas de là, si vous nous placiez ? Car par ma foi, nous sommes, ainsi que l'a décidé le chevalier de Lesneven, sous votre juridiction et non sous la mienne.

Bernard de Saint-Ayoul s'inclina.

– Faites-moi l'honneur de prendre place à ma droite, messire comte, et vous à ma gauche, messire de Lesneven, dit-il en désignant les trois faudesteuils qui faisaient face à l'assemblée.

Le comte s'assit ainsi que lui demandait le religieux et, le visage sombre, observa ses féaux.

– Quant à vous, seigneurs et nobles gens, continua le prieur, asseyez-vous, ainsi qu'il vous plaira, sur les bancs que nous avons placés entre les deux rangées de stalles.

Les gens s'installèrent dans un grand brouhaha de sièges repoussés. Anseau de Rozay alla s'asseoir au premier rang, non loin du prévôt.

Il faisait gris et brumeux. Ce matin-là sentait l'automne, et la lueur des hauts candélabres n'éclairait qu'à peine les silhouettes des assistants.

– Qu'on allume la couronne de lumière ! ordonna le prieur.

Un moine se précipita aussitôt, faisant descendre du plafond une large rosace de métal, surmontée de trois autres plus petites.

Prenant le flambeau que lui tendait un novice, le moine alluma une à une les mèches des lampes à huile, et la couronne incandescente fut à nouveau hissée. Une douce clarté orangée baignait maintenant la salle, chassant les ombres et révélant les visages tendus des membres de l'assistance.

Au premier rang se tenaient l'apothicaire Gropius, le trésorier Arnaud, le prévôt Foucher, le moine Nicolas, Tancrède, et, un peu à l'écart, mal à l'aise dans cette noble assemblée, Darde Caballe et Guillaume le Picard.

Debout, au fond de la salle, Haganon, l'architecte et maître d'œuvre, discutait nonchalamment avec un jeune homme de belle prestance.

– Qui est cet homme qui cause avec Haganon ? demanda Galeran en se penchant vers le comte.

– C'est un jeune poète de ma cour, Chrétien de Troyes. Il avait beaucoup entendu parler de vous et m'a demandé la permission d'assister à cette réunion. Voulez-vous qu'il sorte ?

– Non point.

– Asseyez-vous tous, messires ! ordonna le prieur.

Haganon et le poète obéirent, ce dernier allant s'asseoir un peu à l'écart, une tablette et un stylet à la main.

Le silence retomba.

– Eh bien, puisque nous voila tous réunis, messires, si le comte Henri et le révérend prieur m'en accordent l'honneur, je dirigerai cette réunion, fit Galeran en se plaçant face à l'assistance. Le terme « réunion » ne convient d'ailleurs point, puisque je vous en avertis, il s'agit bel et bien ici d'une cour de haute justice devant statuer sur des crimes de sang !

Des murmures s'élevèrent de l'assemblée et, dans leurs stalles, les moines s'entre-regardèrent, ils n'avaient point l'habitude de siéger à pareille cour.

Le chevalier attendit que le silence revienne et reprit d'une voix forte :

– Oui, des crimes de sang ! Des crimes que votre seigneur Henri de Champagne ne veut laisser impunis.

Le chevalier coula un regard vers le Large. Ce dernier demeurait impassible et regardait droit devant lui, ne faisant mine ni d'approuver ni de désapprouver le discours de Galeran. S'il était surpris, il ne le montrait point.

– Permettez-moi maintenant, reprit le chevalier, de vous rappeler quelques événements. Arrivé à Provins, voici maintenant dix jours, sur la requête du comte Henri, j'ai été confronté successivement à la mort de deux hommes, à celle de fillettes innocentes et, enfin, à une agression où, tout comme mon écuyer ici présent, j'ai failli laisser la vie. On pouvait toutefois penser que, dans cette cité en pleine effervescence, il s'agissait d'une suite de méfaits sans rapport les uns avec les autres. Mais grâce à l'aide de dame Mahaut la Chartraine, j'ai compris que ce n'était pas le cas.

Dans la salle, les gens s'agitèrent sur leurs bancs et quelques exclamations fusèrent.

– Que vient faire ici cette clostrière ? s'exclama le prévôt en se levant brusquement.

– Ah, messire Foucher, justement, je voulais, moi aussi, vous poser quelques questions. Venez près de moi, je vous prie.

– Je vous entends bien assez de là où je suis, rétorqua brutalement le prévôt. Que voulez-vous savoir, messire de Lesneven, n'oubliez pas qu'ici, vous n'êtes point le seul à pouvoir éclairer la justice !

– Mais je l'espère bien, repartit Galeran avec un sourire. En fait, si vous le voulez, nous allons prendre cette sinistre affaire à rebours, en commençant par la fin. J'aimerais donc que vous me donniez votre avis sur les meurtres de la rue d'Enfer, meurtres pour lesquels vous-même, ainsi que le comte, avez déjà promis forte récompense à qui retrouverait les assassins.

Des murmures s'élevèrent à nouveau dans la salle.

– Oui, grommela le prévôt, on ne peut laisser ainsi commettre de tels crimes sans rien faire, même s'il s'agissait de filles de peu.

– Sans doute, sans doute. À votre avis, messire

prévôt, pourquoi les filles de ce bourdeau ont-elles été tuées ?

– Allez savoir. Avec toutes les crapules qui traînent à Provins en ce moment, on a dû leur dérober leurs deniers, voilà tout. Avec le métier qu'elles faisaient, elles avaient du bien, les bougresses !

– Vous savez bien que c'est faux, messire prévôt ! rétorqua sèchement le chevalier. Il y avait effectivement de l'argent dans cette maison. Mais n'y était-il pas encore quand vous êtes arrivé sur place ? Est-ce vrai ou non ?

Le prévôt marmonna entre ses dents mais ne répondit point.

– Répondez, Foucher ! ordonna soudain la voix dure d'Henri le Large.

– Eh bien, oui, il y avait de l'argent, mais il pouvait bien en manquer aussi.

– Si l'on admet que le vol n'était pas le but de ces crimes, quel est-il, alors ?

– Je vous dis que je sais pas, grogna le prévôt avec un mouvement de colère, je n'ai pas eu le temps encore de mener de vraies recherches. Vous nous avez mandé d'être ici après l'office et vous voulez que j'aie déjà une réponse ! Probable que c'était des marauds fréquentant l'endroit.

– Ah pardon, répliqua Galeran, Mahaut la Chartraine gérait fort bien son affaire, et je puis vous assurer que ce n'était point des marauds, ainsi que vous les appelez, qui fréquentaient l'endroit, mais bien d'honnêtes gens, de bons bourgeois, de riches marchands et des seigneurs de passage… J'ai d'ailleurs cru voir votre nom dans ses livres de comptes, vous figurez parmi les clients habituels d'une fille Rosamonde, surnommée « petite fessue », est-ce que je me trompe ?

On entendit, dans l'assistance, des rires vite réprimés.

– Non, lâcha le prévôt avec hauteur, et alors ?

– Alors, est-il vrai que vos hommes profitaient aussi de la bienveillance de ces filles ? fit Galeran que ce jeu du chat et de la souris semblait fort amuser. Ce n'est donc point parmi une clientèle ordinaire qu'il nous faut chercher, mais chez des notables, des seigneurs, et des hommes assermentés, vous ne croyez pas ?

Le prévôt baissa la tête et ne répondit point. Des pieds raclèrent les bancs, on murmurait dans les rangs de l'assemblée. L'apothicaire Gropius se pencha vers son voisin, le trésorier Arnaud, et lui glissa quelques mots auquel l'autre ne répondit point.

– Vous ne voyez donc toujours pas pourquoi on a tué ces femmes ? insista Galeran.

– Je vous ai dit que non !

– Ni pourquoi on a torturé Mahaut la Chartraine ? Car il faut que vous sachiez, vous tous ici et vous sire comte, que cette jeune femme a été savamment torturée, fit Galeran en se tournant vers l'assistance. L'homme qui a fait ça a pris son temps, jouant de son coutel comme même un boucher ne le fait pas sur une bête.

Le chevalier, qui savait que la plupart de ces hommes étaient clients du bourdeau, coula un regard vers l'assistance. Des têtes s'étaient baissées, quant à Gropius, il semblait sur le point de se trouver mal.

– Avez-vous trouvé l'arme du crime, messire prévôt ? demanda encore Galeran.

– Non, mais vu la forme et la taille des blessures, ce doit être un long coutel à la lame fort effilée, probablement une arme de chasse.

– Une arme de chasse, répéta le chevalier en se tournant vers l'apothicaire.

Gropius suait à grosses gouttes, passant ses doigts boudinés dans ses longs cheveux gras, humectant ses lèvres. Puis, d'un coup, il parla, d'une voix étonnamment enfantine pour un homme de cet âge et de cette corpulence :

– Je ne savais pas la mort de Mahaut ni de ses filles, ni cette torture, je vous jure.

– Que dites-vous, maître Gropius ? On ne vous a point renseigné ? Vous ne saviez rien de toute cette histoire ? Des crimes qui vaudront à leurs auteurs et à leurs complices le jugement de Dieu, le gibet ou pire encore !

– Non, non, je suis pour rien dans tout ça, gémit le gros homme. Bien sûr, j'allais au bourdeau, comme tous ici, mais jamais j'ai voulu la mort de ces malheureuses petites, je les aimais bien, moi !

– Je n'en doute pas, dit Galeran, mais alors, d'après vous, qui a fait ça, maître Gropius, dites-nous ?

– C'est pas moi, c'est pas moi, gémissait l'apothicaire dont les traits se brouillèrent sous un flot de larmes. C'est eux, avec leurs manigances, c'est eux…

L'homme s'arrêta brusquement, la bouche grande ouverte, une expression de profonde frayeur sur le visage.

– Quelles manigances ? insista le chevalier.

– Je vais le faire sortir, fit brusquement le prévôt en s'approchant du gros homme, il ne sait plus ce qu'il dit, il faut le conduire à l'infirmerie. Il reviendra quand il sera calmé.

– Non, messire prévôt, fit Galeran en s'interposant. Vous ne le ferez pas sortir. Retournez vous asseoir.

Le prévôt obéit à contrecœur et Galeran se pencha vers l'apothicaire, répétant sa question :

– Quelles manigances, maître Gropius ?

– Par la miséricorde, j'sais pas, j'ai rien dit ! gémit Gropius qui sanglotait, c'est pas moi, messire, c'est pas moi.

Le sang déserta soudain son visage et il s'effondra, sans connaissance, sur le dallage.

Sur un signe du prieur, deux solides religieux le saisirent et le portèrent hors de la salle.

Pendant toute cette altercation, le jeune comte n'avait pas bronché, il ne quittait pas le chevalier des yeux et n'était point le seul. On eût dit que chacun, dans la salle, retenait sa respiration.

51

– Et maintenant, je vais vous dire pourquoi ce ne sont pas des ruffians qui ont massacré les habitants du bourdeau. Le portier, que l'on a égorgé, a été tué dans le dos, l'ennemi était donc déjà dans la place. Il est arrivé par-derrière et l'autre n'a pu se défendre ! Or, ce portier n'aurait jamais fait entrer un inconnu dans la place, surtout un inconnu de piètre apparence. N'en doutons point, celui ou ceux qui ont tué étaient des habitués et, de surcroît, ils étaient déjà dans les murs avant les meurtres !

– Mais vous-même, chevalier, fit le prévôt d'une voix cauteleuse, vous qui curieusement vous flattez de bien connaître cette Mahaut, comment se fait-il que vous ayez découvert ces crimes et que vous en sachiez plus que nous sur toute cette affaire ?

Un sourire éclaira le visage de Galeran. Il songea que le duel allait être rude et que le prévôt faisait preuve de plus de finesse qu'il n'en attendait.

– Vous avez raison de poser cette question, prévôt, c'est votre office. Je m'étonnais d'ailleurs que vous ne l'ayez pas posée plus tôt…

Galeran marqua un temps, observant le visage de l'homme d'armes qui avait repris de l'assurance. Foucher, l'air hautain, restait maître de lui. Depuis qu'on avait emporté Gropius, il semblait plus calme. Le chevalier continua donc :

– Jusque fort tard, j'ai passé la soirée avec Bernard de Saint-Ayoul, qui peut s'en porter garant. D'après l'état des corps – l'infirmier pourra confirmer mes propos –, les meurtres ont dû être commis à ce moment-là. Par ailleurs, messire prévôt, si j'ai découvert cette sinistre affaire, c'est en échappant à la mort moi-même. Alors que je m'allais endormir, un homme est entré dans ma cellule pour me poignarder. C'était un nain du nom de Coridus. Il pensait, tout comme vous, que j'avais tué les filles de la rue d'Enfer et prétendait les venger.

– Je vois, je vois, je n'ai pas dit que je vous croyais coupable, protesta le prévôt, d'ailleurs, vous êtes un ami du comte Henri.

– Mais vous avez eu raison de vérifier que je n'étais point votre homme, et je crois que vous devriez faire de même pour tous ceux ici qui faisaient partie des clients de dame Mahaut, car maître Gropius et vous-même n'étiez point les seuls. Au fait, où étiez-vous, messire prévôt, au moment des meurtres ?

Un grand brouhaha à la porte de la salle empêcha d'entendre la réponse du prévôt, et le vantail fut brutalement ouvert.

Un soldat sicilien, qui n'était autre que Giacomo, se dirigea droit vers Galeran et lui parla à l'oreille, faisant force gestes pour appuyer son discours.

– Laissez passer le sergent, ordonna le chevalier.

Un sergent d'armes entra, suivi de deux

hommes qui portaient une civière. Un sac de toile ensanglanté la recouvrait.

– Que signifie ! s'exclama le prévôt, et qui est ce soldat maure ? Où sont mes hommes ?

– Par ordre du comte Henri, vos hommes attendent en dehors de l'enceinte du prieuré, messire prévôt, fit calmement Galeran. Ce soldat, ainsi que ceux qui sont dans la pièce voisine, sont les hommes du chevalier Tancrède, venus sur ma requête, pour assurer notre sécurité.

– Mais je proteste ! hurla le prévôt en se tournant vers le comte. Messire, expliquez-moi.

Le Large le fixa un instant sans répondre, puis son regard se posa à nouveau sur la civière que les hommes d'armes avaient installée au milieu de la salle.

– Venez ici, sergent ! ordonna-t-il d'une voix rude. Parlez, nous vous écoutons.

Le sergent de ville posa un genou en terre devant le maître de Provins et déclara d'une voix hachée :

– Messire, comme vous savez, en ce moment le quartier des rivières a, comme qui dirait, la fièvre. Les gens sont énervés, et, ce matin, près des cuves des teinturiers, ils ont lapidé un homme.

– C'est là ce que tu amènes ? fit le comte. Un cadavre, un cadavre qui tient dans un sac, et tu dis que c'est un homme ?

– On a ramassé ce qu'on a pu, messire, mais c'est point reconnaissable, sauf que l'homme en question avait la taille d'un enfant. D'après un vieux, c'était un nain qu'on appelait le Rat, qui vivait de rapines et sévissait dans les tripots de la rue des Marais.

– Cette vermine vicieuse ! s'exclama le prévôt. Eh bien, vous qui vouliez un coupable, le voilà. Le peuple a fait justice, le criminel de la rue d'Enfer a payé ! Vous dites que le portier a été tué par-derrière, alors moi, je peux vous dire que cet avorton répugnant était un habitué des lieux et que la femme Mahaut le recevait dans sa couche.

52

Sans dire mot, le comte fit signe au sergent et à ses hommes de remporter leur sinistre fardeau.

Une fois la porte refermée sur eux, le chevalier se tourna vers le prévôt.

– Cela arrangerait tout le monde, pas vrai ? dit-il. D'autant qu'il est mort et ne peut nous présenter sa défense ; et pourtant, c'est certain, ce n'est point lui.

– Expliquez-vous, que diantre ! fit le prévôt avec rage.

– La taille, sire prévôt, la taille ! Vous prétendez vous-même que c'était un avorton, il tenait dans ce sac et ne m'arrivait qu'à peine à la ceinture, et vous voudriez qu'il ait égorgé un gaillard comme le portier de Mahaut ? Je n'ai point vu sur les lieux l'échelle qui lui aurait permis d'accomplir un exploit aussi extraordinaire !

À ces propos, quelques rires nerveux détendirent l'assemblée. Le seul qui ne paraissait guère goûter la remarque était le prévôt Foucher. Il rétorqua :

– Il a dû trouver quelque autre stratagème.

– Et il a aussi tué, à lui seul, une bande de femmes qui, pour la plupart, étaient plus robustes que lui ! Non, prévôt, non, je pense que Coridus est arrivé avant moi sur les lieux du massacre, je pense qu'il s'est glissé par la porte entrouverte. Cela aussi veut dire quelque chose. Cette porte, le cadavre du portier était appuyé contre. Seul un petit gabarit comme celui du nain a pu se glisser le long du battant sans faire tomber le cadavre, et savez-vous ce que cela signifie ? Cela veut dire que les assassins ne sont pas sortis par là.

– Pas sortis par la porte ! Y a-t-il des issues que nous ne connaissons pas ?

– J'y ai pensé. Aucune poterne, quant aux toits, vu la forme de cette maison, ils sont inaccessibles et ne permettent point de fuir.

Galeran reprit haleine. La tension qui régnait dans la pièce était presque palpable.

– Mais vous avez raison, prévôt, il existe une issue que je ne connaissais pas, et nous y reviendrons plus tard.

» Enfin, les assassins – je dis LES, car il fallait au moins s'y prendre à deux pour mener à bien cette rude affaire – étaient deux hommes qui ne reculaient devant rien et que le temps pressait. En vérité, on a tué dame Mahaut et ses filles, parce

251

qu'elles en savaient trop. Et si ses assassins l'ont torturée, c'est qu'ils ont voulu apprendre ce qu'elle avait pu me dire sur leur compte. Parce que voyez-vous, mon arrivée à Provins n'est pas passée inaperçue. J'étais surveillé, et l'on s'est vite rendu compte que je connaissais Mahaut de longue date. Alors, on a paniqué, on a essayé de me réduire au silence, et comme on n'y a pas réussi, on s'en est pris à ces malheureuses en accumulant les erreurs ! fit Galeran.

– Quelles erreurs, que voulez-vous dire ? fit le prévôt.

– La première a été celle de laisser sur place l'arme du crime.

– Vous l'avez donc trouvée, et vous ne nous l'avez point dit ? fit le prévôt. Mais ça change tout.

– Vraiment ? fit Galeran et pourquoi donc ?

– Enfin… je veux dire, grâce à ça, on va pouvoir identifier le coupable.

– Simon, appela le chevalier, apporte-nous les morceaux du poignard. Nous allons le faire passer dans l'assistance. Si quelqu'un reconnaît l'arme, qu'il le fasse savoir.

Le jeune écuyer fit le tour des notables, la lame brisée, souillée de taches brunes, posée sur un coussin.

Enfin, le coussin fut présenté au prévôt qui tressaillit et dit d'une voix hésitante :

– Je connais cette arme, mais je ne sais…

– Quoi ? fit Galeran. Vous ne pouvez dire à qui elle appartient ? Et vous, messire comte, connaissez-vous ce coutel ? fit brusquement le chevalier en prenant le coussin des mains de Simon et en le présentant à Henri.

Le jeune comte prit le pommeau de l'arme, l'examina et le reposa calmement.

– C'est l'un des coutels que j'utilise pour la chasse !

– Oui, votre compagnon Anseau de Rozay l'a bien reconnu, même s'il n'a voulu le dire, tout comme le prévôt, ici présent. Le coutel qui a torturé Mahaut la Chartraine appartient bel et bien au comte Henri !

Chevaliers et notables s'étaient levés, tout le monde parlait en même temps.

Seul, dans tout ce brouhaha, le Large était resté assis, le visage tordu par une expression que Galeran n'arrivait à déchiffrer, mélange de douleur et de rage intense.

Au premier rang, son frère d'armes, Anseau de Rozay, s'était dressé face au chevalier, criant avec fureur :

– Mensonges que tout cela ! Vous mentez ! Le comte n'est pour rien dans ces crimes.

– Taisez-vous, vous tous ! tonna le prieur en se levant de son faudesteuil. Et maintenant, parlez, chevalier, et prouvez ce que vous avancez.

53

Quand le silence se fut rétabli, Galeran reprit :

– Du calme, messire Anseau, asseyez-vous.

Le noble Anseau se rassit à contrecœur, essayant en vain d'attirer l'attention d'Henri, mais celui-ci ne le regardait pas. La bouche durcie, il fixait Galeran.

– Je disais donc, fit le chevalier, que le poignard qui a tué dame Mahaut la Chartraine appartient au comte Henri ! Je n'ai pas dit pour autant que celui-ci était l'assassin ! Car, voyez-vous, ajouta-t-il en souriant, le comte n'est pas homme à lâcher facilement ce qu'il possède.

Il y eut dans l'assemblée un murmure d'approbation.

– Mais soyons sérieux ; pourquoi, me direz-vous, le comte ne serait-il pas coupable ? Tout d'abord, et de l'avis de tous, parce qu'il est un homme de guerre mais aussi un politique. Je vois mal un homme comme celui-là accomplir lui-même de tels actes et, de surcroît, laisser sur sa victime une signature aussi grossière. Il aurait pu tout aussi bien y laisser son sceau ! Enfin, qui songerait à inquiéter un seigneur aussi puissant pour le meurtre de quelques catins ? Il nous faut donc chercher ailleurs, car, à mon sens, il est ici question de haine, de vengeance, mais peut-être aussi de bien autre chose.

Les poings du jeune comte se serrèrent, mais il ne dit mot.

Galeran se tourna à nouveau vers l'assemblée.

– Je voudrais demander à maître Haganon de répondre à quelques questions.

L'air interdit, l'architecte regarda ses voisins puis se leva, et fit d'une voix hésitante :

– Que puis-je pour vous, messire ?

– Vous étiez un des clients du bourdeau de dame Mahaut, n'est-ce pas ?

– Cela va de soi.

– Connaissiez-vous dame Mahaut avant sa venue à Provins ?

Haganon n'eut qu'une infime hésitation.

– Tout comme vous, chevalier, je l'ai rencontrée à Chartres, grâce à un commerçant de mes amis, un marchand d'épices de son métier, maître Giffard. C'est même moi qui lui ai déniché cette maison, rue d'Enfer, et me suis occupé d'y faire des travaux. Il faut que vous sachiez que la compagnie de Mahaut me comblait et que sa mort sordide me révolte. Je n'y suis pour rien.

Le chevalier hocha la tête, la maligne Mahaut avait donc omis de lui parler de ce beau maître d'œuvre qui avait dû savoir, bien plus que le vieux maître Giffard, trouver les mots pour la faire venir à Provins. Il reprit :

– Le comte m'a dit un jour que vous connaissiez aussi bien le dessus de cette ville que le dessous ? Est-ce vrai ?

– Naturellement, messire, c'est mon métier de savoir sur quoi je construis, surtout quand le sous-sol est instable comme en Champagne.

– Vous êtes donc au courant des souterrains qui

joignent entre elles des maisons de la haute ville et surtout de la basse ville.

Le maître d'œuvre pâlit.

– Je sais qu'il existe des souterrains dans toute cette falaise, messire, dont certains servent aux marchands pendant les foires…

– Ils servent surtout à des trafics qui échappent ainsi au contrôle de l'autorité comtale, marchandises, monnaies, mais aussi fillettes. Il y a comme ça, à Provins, une ville haute, une ville basse et une autre encore, que l'on pourrait nommer la ville noire, avec ses ruelles, ses abris, et même ses charniers. Je vous le demande encore, Haganon, le saviez-vous ?

– Je m'en doutais, lâcha le maître d'œuvre en se laissant tomber lourdement sur son banc.

– Vous vous en doutiez… fit Galeran, ou plutôt vous le saviez ! Comme tous ceux qui sont dans cette salle et qui ont trempé dans ces trafics.

» J'en ai les preuves écrites, récupérées chez l'un d'entre vous, et suffisamment de témoins pour vous confondre tous. Car vous êtes tous coupables, je l'ai enfin compris en vous voyant vous regrouper sans vergogne à la sortie de la messe, hier ! Vous étiez inquiets mais ne vous cachiez même pas, et pourquoi l'auriez-vous fait ? Vous étiez forts de votre impunité et de votre rang !

Haganon ne protesta pas, il restait assis, la tête entre les mains.

– Vous, Arnaud, le trésorier, qui teniez le coffre-fort de la bande, le bourgeois que le comte méprisait et qui le lui rendait bien, c'est vous qui étiez chargé de couvrir les manipulations financières ; et vous, frère Nicolas, faussaire et moine relaps, qui l'aidiez contre monnaie sonnante et trébuchante, vous qui signiez des papiers de la main du comte avec son paraphe. Difficile de perdre les mauvaises habitudes, n'est-ce pas ?

Le bourgeois Arnaud avait la mine défaite, son teint fleuri avait viré au gris, et il gardait la tête baissée.

Le moine Nicolas, quant à lui, paraissait toujours aussi à l'aise et dit :

– J'appréciais beaucoup la compagnie de dame Mahaut, messire, et ne suis pour rien dans tout ceci, j'ai même essayé de la prévenir. Hormis quelques faux conduits de foire, des achats de terres, des loges vendues plusieurs fois et quelques faux papiers… je suis innocent de ces crimes de sang qui sont contraires à mon caractère qui, je vous l'assure, est plutôt bénin.

– Nous en jugerons, fit Galeran. Il sera difficile de démêler les fils de cette conjuration, et les clercs du comte auront là un rude ouvrage, mais ils y parviendront.

– Sortez cette racaille de ma vue ! ordonna brusquement le jeune comte. Qu'ils soient mis au pilori devant tous, sur le champ de foire !

Les soldats siciliens entraînèrent les trois hommes qui se laissèrent mener en silence, comme abasourdis par la promptitude de leur déchéance.

54

Outre le jeune poète, les moines et quelques comparses, il ne restait plus dans la salle que le prévôt, Anseau de Rozay, Tancrède, Darde Caballe et Guillaume le Picard.

Galeran murmura quelques mots à l'oreille de son écuyer qui sortit aussitôt et revint accompagné de soldats, poussant devant eux trois hommes enchaînés.

En les voyant entrer, le prévôt eut un geste de recul, qui n'échappa pas à Galeran.

Le premier d'entre eux était le gros cuistot qu'ils avaient fait prisonnier dans la prison à fillettes. Il tremblait de tous ses membres et regardait avec effroi autour de lui.

– Avance ! ordonna Galeran. Et incline-toi devant ton seigneur ; de la vérité de tes réponses et de sa clémence dépendent ta vie.

Le visage d'Henri n'augurait rien de bon, la colère déformait ses traits. Le gros homme baissa les yeux et se jeta à genoux devant lui.

– Je dirai tout, je dirai tout.

– Quel est ton maître ? demanda Galeran.

Le regard de l'homme s'arrêta sur le prévôt, derrière lequel s'étaient placés des soldats de Tancrède.

– C'est le sire prévôt, messire.

– Ce maraud divague, fit Foucher, je ne l'ai jamais vu.

– Vraiment ? Et ceux-là non plus ? fit Galeran

en montrant les deux autres geôliers, restés en retrait. Pourtant, ils disent tous avoir eu l'honneur de faire partie de votre garde personnelle. Ils sont, paraît-il, une quinzaine à la prévôté, et les écorcheurs qui m'ont attaqué en faisaient partie ; c'est pourquoi vous les avez envoyés promptement au gibet, avant que quiconque ne les fasse parler.

Le prévôt ne protesta pas, il semblait désarçonné et marmottait confusément.

– La fin est proche, prévôt, dit le chevalier. Je vous accuse, vous et vos sbires, d'avoir tué dame Mahaut et ses filles, et d'avoir voulu jeter le discrédit sur le comte en vous servant d'un coutel que vous lui aviez dérobé !

– Non, marmonna Foucher.

– Vos hommes avaient bien trop peur de finir au gibet, messire prévôt, ils ont avoué ! fit Galeran. Et si cela ne suffit pas à vous confondre, l'une des filles de la rue d'Enfer est encore en vie et saura reconnaître ses agresseurs.

Le prévôt baissa la tête sans mot dire. Galeran reprit :

– Dans la chapelle de Saint-Ayoul sont regroupées les malheureuses dont vous faites trafic. Je vous accuse en plus d'en avoir murées vivantes quand elles étaient malades ou se montraient rebelles.

– Non, ceci est faux ! cria le prévôt.

– Est-ce que je dis vrai, l'homme ? demanda Galeran en se tournant vers le gros cuistot.

– Oui, messire, oui, souffla celui-ci.

Le chevalier montra à tous un long parchemin.

– Ceci est une liste d'achats de fillettes à des marchands italiens, signée de votre propre main, prévôt, liste trouvée parmi d'autres papiers tout aussi compromettants dans votre demeure de la basse ville.

– Vous êtes allé… fit le prévôt qui s'interrompit brusquement et se laissa tomber sur son banc.

– Oui, jeta Galeran, je connais maintenant votre tanière et ce petit bureau où vous enserrez tous vos comptes. Mais je n'en ai point fini avec vous ; je vous accuse également d'avoir fait assassiner la petite Toïna, grâce à l'aide du Picard, ici présent.

Le marchand s'avança d'un pas, protestant :

– Mais enfin, messire…

– Vous étiez le seul à parler sa langue, Guillaume, et Toïna savait où aller en sortant du prieuré. Quelqu'un lui avait dit ce qu'elle devait faire et ce ne pouvait être que vous. J'y reviendrai plus tard, car vous avez joué un autre rôle dans cette histoire, tout comme votre vieil ami Darde Caballe.

Le Picard se tut, regardant autour de lui, comme un animal acculé. Sur un signe de Giacomo, des soldats se placèrent derrière lui.

Le prévôt s'était levé, il alla s'incliner devant le comte et dit simplement :

– Point ne sert de continuer à feindre maintenant. Vous avez mis en face de moi un rude jouteur, il a su me percer à jour. Je ne vous demande pas votre pardon, accordez-moi seulement, messire, le temps de me préparer à la mort avec l'aide du prieur.

Le religieux inclina la tête en signe d'accord.

Le jeune comte parut hésiter puis déclara sèchement :

– Puissiez-vous sauver votre âme, Foucher ! J'aurais pu vous faire écorcher vif pour tout cela, mais je me contenterai, par égard pour le prieur dont vous requérez l'aide, de vous condamner à la pendaison !

55

La porte s'était refermée, et les paroles du comte résonnaient encore sinistrement dans l'esprit de chacun.

Nul ne disait mot, plus personne ne se regardait, pas même les moines, qui, la tête baissée, marmonnaient leurs prières.

Simon s'était assis sur un banc. Il avait observé tout cela avec incrédulité et se sentait soudain bien las. Même son maître, qu'il ne quittait des yeux, avait le visage pâli et les traits tirés.

Un long moment passa ainsi, puis le chevalier se tourna à nouveau vers le comte.

– Tout ceci, songez-vous peut-être, sire Henri, n'a rien à voir avec la mort des gardes siciliens dont je vous ai promis l'explication. Et pourtant…

» À la mort du roi Roger II de Sicile, les vassaux normands n'ont guère aimé l'ascension de ce roturier de Maïon de Bari. L'émir des émirs vous avait rencontrés, vous et les vôtres, lors de votre séjour à Byzance, il était même là à votre adoubement par l'empereur Manuel Commène. Il avait su apprécier votre sens politique et décida donc, à la mort de l'abbé Suger et de Bernard de Clairvaux, de faire alliance avec vous. Vous étiez devenu entre-temps un homme puissant, il le savait. Une telle alliance était hors de prix, il décida donc de vous initier à un savoir millénaire, celui de la soie !

Bernard de Saint-Ayoul parut interloqué par cette révélation, mais le comte hocha la tête d'un air entendu.

– Quant aux vassaux normands, continua Galeran, ils étaient prêts à tout pour faire échouer cette ambassade et eux aussi, grâce à ce même séjour en Orient, possédaient des contacts ici, à Provins, parmi vos féaux. Afin que nul soupçon ne vienne sur eux, ils attendirent que le convoi arrive à Provins où le piège devait se refermer. Approchez, maître Guillaume, c'est de vous que nous allons parler maintenant ! fit Galeran en faisant un signe de la main au Picard.

Poussé par les soldats, l'homme vint à contrecœur se placer devant le comte. Un coup de bâton dans le dos le fit tomber à genoux en gémissant.

– Il est maintenant question de ta vie ou de ta mort, Guillaume, fit Galeran. Alors écoute-moi ; cette nuit-là, comme toutes les précédentes sans doute, tu as dû attendre le convoi des Siciliens. Est-ce vrai ?

– Oui, lâcha le Picard dont les traits se brouillaient sous l'effet de la peur.

– Tu n'étais pas qu'un homme de main, mais aussi un homme de ressources. Tu avais des relations ; grâce à toi et à tes contacts avec les Flamands, le secret de la soie pourrait être revendu à son juste prix.

» Cette nuit-là donc, tu t'étais caché dans les hautes herbes, en dehors du camp, attendant le moment propice pour agir. Et c'est là qu'interviennent les complicités dont tu bénéficiais chez les Siciliens.

Tancrède, qui écoutait le monologue du chevalier avec attention, tressaillit.

– Seulement voilà, cette nuit-là, rien ne se passa comme prévu ; un des gardes mourut sur place, l'autre sortit du camp dans un état second et tomba dans tes bras. Tu l'as achevé, mais entre-temps, grâce au chevalier Tancrède, le camp était en alerte et, voyant cela, tes complices ont regagné leurs tentes. Tu n'as plus eu qu'à cacher le corps dans les roseaux, près de la rivière, et à t'enfuir.

Le visage ridé du Picard s'était contracté, il murmura :

– Comment pouvez-vous savoir…

Mais Galeran ne faisait déjà plus attention à lui, il avait croisé le regard troublé du jeune chevalier sicilien.

– Messire Tancrède, faites venir vos hôtes de marque, ainsi que le matériel que j'ai mandé.

Le jeune homme hocha la tête et sortit d'un pas plus lourd qu'à l'accoutumée.

Galeran se tourna à nouveau vers l'homme agenouillé devant lui.

– Guillaume le Picard, devant le comte, ici présent, je vous accuse du meurtre d'un des gardes et aussi de celui de la petite Toïna que vous avez attirée hors du prieuré.

– Non, non messire ! Ce n'est point vrai, non ! protesta Guillaume.

– Quant à vous, Darde Caballe, continua Galeran en désignant le guide qui blêmit, je vous accuse d'avoir vendu vos services contre monnaie sonnante et trébuchante. Grâce à vous, le Picard et ses complices pouvaient suivre les faits et gestes des Siciliens. Messire comte, à vous de rendre votre sentence.

– Qu'on pende celui-là haut et court, après lui avoir donné cent coups de fouet. Quant au guide, ma foi, il n'est point sot ; qu'on l'enferme, on verra ce qu'on en fera plus tard.

Encadrés par des soldats, les deux condamnés croisèrent sur le pas de la porte le couple de Chinois qui vint s'incliner devant le comte Henri.

– Vous êtes ici, vénérable Liou Fei-tchang et vous, damoiselle Chaton de Saule, devant ceux qui vont vous juger, car nous devons statuer sur la mort des gardes du chevalier Tancrède, dit Galeran.

Impassible, le Chinois s'inclina à nouveau en signe de compréhension, quant à Chaton de Saule, elle regardait droit devant elle, ses bras minces croisés sur son étroite poitrine.

– Donnez-leur des faudesteuils, dit le comte

Henri qui ne quittait pas des yeux les deux singuliers personnages.

– J'ai fait apporter certains de vos effets personnels, fit Galeran en désignant le grand coffre de voyage relevé d'ivoire et d'or, ainsi que l'une des boîtes scellées, munie de trous.

Les yeux étirés de Liou Fei-tchang se posèrent sans curiosité sur le chevalier.

– C'est en examinant ces boîtes que j'ai tout compris, fit Galeran.

Tancrède qui se tenait à côté de lui s'insurgea :

– Par ma foi, messire ! Il n'est point possible de montrer cela à la vue de tous !

– N'ayez crainte, pour ce qu'il en reste ! fit Galeran en ouvrant le coffret et en montrant le contenu au comte puis aux assistants. Il n'y a plus rien à cacher, ce que vous voyez ici n'est rien d'autre que pourriture. Il n'est plus rien du fameux secret pour lequel tant d'hommes sont morts que ces restes en décomposition.

– Ce n'est pas possible ! s'exclama le comte en se penchant sur le coffret ouvert, ces hommes se sont joués de moi, ce n'est point là le fabuleux trésor mais des vers, des larves répugnantes !

– Et si, pourtant, fit Galeran, c'est là tout le précieux secret ! Les Chinois n'ont point menti, ce sont bien ces minuscules animaux que vous jugez répugnants qui produisent la plus précieuse et la plus belle des étoffes qui soit au monde !

– Ce n'est pas possible, répéta le jeune comte qui alla se rasseoir dans son faudesteuil avec un air d'extrême mortification.

– Oh si, c'est possible, et je puis vous assurer qu'il en est ainsi de tout le reste de la marchandise, et je crois bien que le seigneur Alfano s'en était aperçu. Oui, Tancrède, nous avons là la clef de toute l'affaire. Car cette fois, Liou Fei-tchang a décidé de jouer sa partie et non celle de ses geôliers. Il avait traversé bien des dangers et était arrivé à la cour de Sicile en espérant y obtenir quelque position avantageuse, des terres, un statut honorable en échange de son secret.

» Au lieu de ça, on l'a retenu de force avec sa concubine, l'humiliant devant tous. On lui a pris le secret, et en contrepartie, on ne lui a donné, vous me l'avez dit vous-même, qu'une prison dorée, en attendant peut-être de se débarrasser de lui !

Tout en parlant, Galeran ne quittait pas des yeux le Chinois, dont le visage ne bronchait pas plus que s'il était de pierre.

– Mettez-vous à la place de cet homme, autrefois vénéré par les siens, continua Galeran, qu'on a gardé pendant trois ans enfermé dans ce palais. Je crois qu'ici est la solution de tout. Liou Fei-tchang a décidé de se venger. Pour cela, il a fait disparaître le secret de la soie en détruisant sans hésiter le contenu des mystérieuses boîtes – je ne suis pas sûr d'ailleurs qu'il n'ait pas fait de même au Tiraz de Palerme ; il ne lui restait plus ensuite qu'à s'enfuir de nouveau.

» Les deux gardes ont été neutralisés par une drogue que je ne connaissais point, et c'est à cause de cela que j'ai su sa responsabilité. Une drogue qui, à mon sens, ne devait que les endormir mais qui, pour une raison que j'ignore, ne leur a pas fait l'effet escompté. Les deux hommes sont morts, le dernier achevé par le coutel du Picard. Permettez, maintenant, que j'ouvre ce coffre de voyage.

Après avoir fouillé un instant, le chevalier sortit une série de petites fioles et des pots de terre contenant des poudres de différentes couleurs.

– Pour l'instant, au regard du comte et de moi-même, vous êtes seulement coupable d'avoir essayé d'échapper à votre captivité, fit-il en se tournant vers le Chinois. Qu'avez-vous à me dire ?

– Je suis honoré de vous avoir rencontré, vénérable chevalier, vous êtes un homme éclairé, fit le vieux Chinois en se levant et en allant se placer de sa démarche hésitante près du coffre, au côté du chevalier. Il est dans ces fioles l'essence de la plante que les Romains appelaient la *Datura Stramonium*. Distillée devant le visage d'un homme, elle provoque l'oubli, sauf dans le cas des gardes qui en sont morts après avoir connu la folie, sans doute parce qu'ils avaient auparavant absorbé une grande quantité d'alcool. Quant au seigneur Alfano, si vous lui donnez cet antidote, fit-il en tendant une petite fiole à Galeran, il reprendra connaissance. Il avait compris que j'avais laissé mourir les vers à soie. Je craignais que sa vengeance ne s'abatte sur la personne de ma concubine qui m'est chère. Je l'ai donc, lui aussi, plongé dans l'oubli.

Les yeux étirés du Chinois se fixèrent sur Galeran, et il murmura rien que pour lui :

– Celui qui choisit de vivre, tout en ayant perdu

la face, encourra le mépris. Celui qui meurt après avoir échoué, ne sera pas déshonoré.

Et avant que le chevalier ait pu l'en empêcher, Liou Fei-tchang avala le contenu de l'une de ses fioles et s'écroula sur le sol.

Le chevalier s'agenouilla près de lui et ne put que constater sa mort.

Chaton de Saule s'approcha à petits pas de la dépouille de son seigneur et s'inclina par trois fois, avant de se redresser bien droite face à ses juges.

Galeran s'exclama alors :

– Cette jeune femme n'est point coupable de tout ceci, je demande en grâce qu'elle soit libérée et confiée au chevalier Tancrède.

Le comte hocha la tête en signe d'acquiescement.

Le Sicilien s'approcha et entraîna la concubine jusqu'à la cellule de Galeran.

Ils étaient maintenant seuls. Tancrède, dont le cœur battait à tout rompre, s'approcha de la fenêtre et montra le ciel.

– Là, dit-il. Vous êtes libre maintenant, ma dame.

Elle avait sorti de sa manche un éventail et l'avait pudiquement placé devant son visage.

Le jeune homme s'approcha d'elle et, écartant doucement l'éventail, vit avec stupéfaction que le visage de la petite était trempé de larmes.

– Tu sais donc pleurer ? dit-il d'une voix rauque.

Elle attira à elle la main de Tancrède et la posa sur le battement de son cœur.

– Je sais aussi aimer, dit-elle doucement.

56

En quelques heures, le comte avait vu s'effondrer tous ses projets. Mais le pire était encore à venir, et il se sentait en proie à un immense découragement. Il avait demandé qu'on le laisse seul avec celui qu'il avait longtemps considéré comme son frère d'armes, son seul ami.

– Cet étranger, dit-il, a su mourir, et sa félonie n'était point si grande que la tienne.

Le fier chevalier s'était dressé et répondit d'une voix hautaine :

– Rassure-toi, je saurai mourir, moi aussi.

– Mais pourquoi m'as-tu trahi ? Pourquoi, tous, m'ont-ils trahi ?

– Parce qu'ils avaient peur de toi.

– Peur de moi, mais je les comblais de faveurs et de riches présents, protesta le Large.

Le chevalier détourna la tête.

– Tu aurais dû imiter l'aigle qui, avant de fondre sur sa proie, a soin de se rendre invisible.

» Tes succès ne se comptaient plus, et rien ne semblait devoir mettre un frein à tes ambitions ni à ton orgueil… Si bien que tous ceux qui t'entouraient tremblaient d'être sacrifiés, un jour ou l'autre, à ton appétit de pouvoir. Alors, bientôt, les gens honnêtes quittèrent ta cour, et tu ne fus plus entouré que de vils flatteurs comme le moine Nicolas. En secret, ils se mirent à conspirer contre toi, amassant moult richesses dans l'ombre de cette ville en attendant de t'abattre, le moment venu, comme une bête dangereuse.

— Et c'est toi qui les encourageais de loin et dressais des plans pour me perdre ? Toi, mon frère d'armes !

— Oui, et nous aurions réussi sans ce maudit chevalier que tu as fait venir à tes côtés…

— Oui, sans lui… murmura le comte.

— D'emblée, quand tu m'as annoncé sa venue, cela m'a inquiété et je l'ai fait surveiller.

Anseau se tut. Le comte l'observa un instant puis jeta :

— Le meurtre des clostrières et ce coutel… ce n'était point une idée de toi, n'est-ce pas ?

— Non, bien sûr, fit Anseau avec mépris, c'est ce stupide Foucher qui a agi sans me demander avis, et nous a ainsi tous condamnés.

— Mais tu étais au courant pour la Sicile ?

— Oui, ne t'avais-je pas accompagné jusqu'en Orient, et n'avais-je point, moi aussi, noué des contacts là-bas ? Seulement voilà, tandis que tu fréquentais ce roturier d'émir, je m'entretenais, moi, avec ses ennemis, les barons normands !

— Quoi qu'il en soit, j'avais deviné ta main là-dessous, même si je ne le pouvais prouver.

— Comment aurais-tu pu me soupçonner ?

— Malheureux ! Tu n'es qu'un soldat, et tu sais

mal dissimuler, en dépit de tous tes efforts. Je te connais bien, tes yeux ne s'accordaient plus avec tes paroles… Mais que Dieu m'assiste ! J'eusse préférer ne rien savoir, ne rien apprendre.

– Si tu n'avais point été un maître si orgueilleux, peut-être serais-je resté un ami fidèle ?

Et Anseau poursuivit, d'une voix plus douce :

– Là-bas, en Orient, au péril de la mienne, je t'ai sauvé la vie ; accorde-moi le choix de ma mort.

57

On apprit le lendemain qu'Anseau de Rozay s'était fracassé le crâne contre les murs de la chambre où il était gardé.

Dans les jours qui suivirent, la justice du comte frappa lourdement. Elle condamna au gibet le prévôt et ses complices, fit raser la demeure de Mahaut ainsi que celles des conjurés. On mura les souterrains, et on chassa de la ville tous ceux dont la principale faute était d'avoir gardé un coupable silence sur tant de crimes.

En accord avec le prieur, le Large condamna Haganon et le moine Nicolas à aller à genoux quérir leur pardon à saint Jacques de Compostelle.

Quant à Tancrède, il rassembla ses hommes d'armes dès le lendemain, emmenant avec lui la jeune Chaton de Saule et le seigneur Alfano qui, malgré l'antidote et les soins du frère infirmier, ne sortit jamais de l'oubli du monde où l'avait plongé la drogue.

Le Large ne voulut point toucher à l'or maudit des conjurés, récupéré dans la demeure d'Anseau ; il en fit don au prieuré qui en employa une partie pour doter les malheureuses fillettes.

Mais peu d'entre elles survécurent à l'exil et aux mauvais traitements qu'elles avaient subis.

De leur côté, Galeran et Simon partirent pour Clairvaux, sans même revoir le comte Henri.

Le temps était frais, et les sous-bois avaient déjà revêtu leur parure d'automne. Les cavaliers crurent apercevoir au loin, entre les baliveaux, une biche immobile qui, les voyant venir, rentra d'un bond sous le couvert.

– Ah, mon ami, on respire mieux ici ! s'exclama Galeran en jetant un coup d'œil à son écuyer qui, l'air maussade, chevauchait à son côté. Eh bien, Simon, tu n'es point content d'en avoir fini avec cette insupportable affaire ?

Et comme le garçon gardait son air mélancolique.

– Bon, insista Galeran. Dis-moi ce que tu as ?

– C'est que je l'ai toujours, grogna Simon.

– Tu l'as quoi ?

– Ben, tiens, mon pucelage !

Le chevalier éclata d'un grand rire.

– C'est donc ça ! Tu en guériras, mon fils.

– C'est ce que dame Mahaut disait, murmura le petit écuyer, et soudain, ses yeux s'emplirent de larmes.

« *Que ceci soit la fin du livre
mais non la fin de la recherche.* »
Bernard de Clairvaux.

Note de l'auteur

Depuis ce mois de septembre 1154, plus de huit siècles ont passé, et Provins se dresse toujours avec sa fière ceinture de murailles, ses églises romanes, et sa Tour aux Prisonniers, aux confins de la Champagne.

Ses mystérieux souterrains aux parois couvertes de singuliers graffitis, et ses foires, dont le renom s'étendait de l'Orient jusqu'à la Baltique, ont inspiré ce récit.

Lexique

Aquilon : vient du latin *aquilo,* vent du nord. Vent froid et violent.

Archais : étui contenant l'arc et des cordes de rechange.

Archère : ouverture pratiquée dans les murs pour le tir à l'arc.

Aumusse : sorte de capuchon garni de fourrure.

Bliaud : tunique longue de laine ou de soie, aux manches courtes dans le sud et longues dans le nord, serrée à la taille par une ceinture. Habit de la noblesse ou de la grande bourgeoisie.

Braies : caleçon plutôt long et collant au XIIe siècle, retenu à la taille par une courroie.

Broigne : justaucorps de grosse toile ou de cuir, ancêtre de la cotte de maille, recouvert de pièces de métal.

Brouet : bouillon, potage.

Cahorsins : usuriers professionnels de Cahors, que le peuple regroupait sous ce nom.

Cainsil : fine toile de lin pour chemises.

Chainse : équivalent de la chemise, tunique en toile ou lin à manches fermées.

Chaperon : petite cape fermée avec capuche, portée comme un chapeau en été, torsadée sur le crâne.

Chausses : chaussettes en drap, tricot ou laine, parfois munies de semelles de cuir et maintenues par des lanières s'attachant en dessous du genou. Les hauts-de-chausses étaient l'équivalent de nos bas.

Clostrière : fille publique, officiant en chambre secrète.

Cluny : abbaye fondée par saint Bernon. Règle bénédictine interprétée dans l'esprit de saint Benoît-d'Aniane (IXe siècle).

Conil, ou conin : lapin.

Cordouan : cuir tanné.

Couire : sorte de carquois, permettant le transport des flèches.

Draps ners : drap bleu nuit, spécialité de Provins, obtenu en teignant la fibre avec un mélange de tanin de noix de galle, de sel de fer et de sel de cuivre.

Eschets : ancien nom du jeu d'échecs.

Escoffle : pèlerine utilisée pour la chasse, en cuir ou en fourrure.

Essarts : du bas latin *exsartum :* sarcler. Terres défrichées

Faudesteuil : fauteuil, en général pliant.

Forenses : forain, étranger.

Fourches patibulaires : gibet composé de deux fourches plantées en terre, supportant une traverse à laquelle on suspendait les suppliciés.

Gilain : le trompé.

Goupil : renard.

Haquenée : cheval ou jument de taille moyenne, d'allure douce, que montaient les dames.

Harnois : désigne tout l'équipement d'un homme de guerre (broigne, épées, lance, bouclier...), mais aussi l'habillement du cheval, voire le mobilier trans-portable dans les camps.

Haut mal : épilepsie.

Imagier : sculpteur ou peintre du Moyen Âge.

Impaludé : atteint de paludisme.

Lormerie : métier qui consiste à fabriquer des accessoires de sellier (clous en fer, éperons, mors…).

Mantel : manteau semi-circulaire comme une cape, attaché à l'épaule par une agrafe, nommée « tasseau ».

Mégisserie : métier de la préparation des cuirs.

Meschinet : gamin.

Mesnie : famille, lignée par le sang.

Minage : droit perçu par le seigneur qui fournit la mine c'est-à-dire la mesure pour la vérification des quantités de grains.

Mire : médecin.

Mordançage : opération qui consiste à imprégner une étoffe d'un mordant, substance destinée à fixer le colorant sur la fibre.

Orfrois : passementeries, franges et broderies d'or employées pour border les vêtements. On disait « orfraiser » une robe.

Palefroi : cheval de marche ou de parade.

Pierre de touche : fragment de jaspe utilisé pour analyser l'authenticité de l'or et de l'argent.

Rebec : instrument de musique à trois cordes et à archet.

Restrait : lieu d'aisance comportant un conduit plus une fosse, où l'on mettait des cendres de bois qui décomposaient les matières organiques.

Sambue : selle de femme.

Samit : étoffe orientale composée de six fils de couleur.

Talemelerie : métier de boulanger.

Tiraz : fabrique de tissus, établie dans le palais des rois de Palerme, en Sicile, dès le début du XIIe siècle.

Tissus mellés : tissus aux couleurs mélangées.

Vagant : errant.

Les mesures

Lieue : mesure de distance, environ 4 km.

Toise : équivaut à 6 pieds, soit près de 2 m.

Aune : 1,188 m.

Pieds : ancienne mesure de longueur, 32,4 cm.

Pouce : ancienne mesure de longueur, 2,7 cm.

Les heures

Matines : ou vigiles, office dit vers 2 heures du matin au Moyen Âge.

Laudes : office dit avant l'aube.

Prime : office dit vers 7 heures du matin.

Tierce : office dit vers 9 heures du matin.

Sexte : sixième heure du jour, vers midi.

None : office dit vers 14 h.

Vêpres : du latin *vespera :* soir. Office dit autrefois vers 17 h.

Complies : office dit après les vêpres vers 20 h, c'est le dernier office du soir.

La soie…

On dit que la découverte de la soie remonte à 2690 avant J.-C., et qu'elle fut le fait de la femme de l'empereur Hoang-ti.

Le commerce de la soie se pratiquait déjà du temps des Romains qui appelaient la Chine *Serica :* pays de la soie.

Le secret de sa fabrication était jalousement gardé.

Il était le privilège des princes, et sa divulgation punie de la peine de mort. Ce secret n'atteint Constantinople qu'au VIe siècle et la Sicile qu'au début du XIIe siècle. La soie est plus chère que l'or et, au Moyen Âge, n'habille que les princes et quelques rares membres de l'église.

Ils ont vécu au XIIe siècle

Au royaume de France et en Angleterre

Henri II Plantagenêt : (1133-1189) né au Mans, roi d'Angleterre de 1154 à 1189, duc de Normandie (1150-1189), comte d'Anjou (1151) et duc d'Aquitaine (1152-1189) par son mariage avec Aliénor. Sa politique religieuse l'opposa à Thomas Beckett.

Aliénor d'Aquitaine : (1122-1204). Divorcée de Louis VII en 1152, elle se remarie la même année avec Henri II Plantagenêt dont elle a plusieurs enfants (Richard Cœur de Lyon et Jean Sans Terre, notamment…). Elle finit ses jours à l'abbaye de Fontevrault, où elle est enterrée.

Louis VII : (1120-1180). Roi de France, sacré à Reims le 25 octobre 1131. Marié en 1137 à Aliénor d'Aquitaine. Participe à la deuxième croisade avec Conrad III. Divorcé en 1152. Veuf de Constance de Castille, il se remarie avec Adèle de Champagne, mère de Philippe II Auguste. Mort le 18 septembre 1180.

Bernard de Clairvaux : (1091-23 avril 1153). Moine de Cîteaux en 1112, premier abbé de Clairvaux en 1115. Il prêche la deuxième croisade à Vézelay en 1146.

Abélard : (1079-1142). Philosophe, théologien et dialecticien français. Fonde l'abbaye du Paraclet, dont Héloïse deviendra l'abbesse. Bernard de Clairvaux obtient sa condamnation au concile de Sens en 1140.

Owain Gwinned : (1137-1169). Prince gallois.

Cynddelw : barde attitré du prince Owain, tout comme son compagnon Gwalchmai. Les bardes gallois étaient renommés et chantaient les exploits du roi Arthur, repris plus tard par Geoffroy de Monmouth, Wace et Chrétien de Troyes.

Chrétien de Troyes : (1135-1183), poète de la cour de Champagne, rencontre Bernart de Ventadour en 1155, à la cour d'Aliénor en Angleterre. Dédie *Lancelot* à celle qui sera sa protectrice pendant bien des années, la femme d'Henri le Large, la comtesse Marie de Champagne. Il écrit, entre autres, *Érec et Énide, Yvain ou le chevalier au lion, Perceval*…

En Champagne

Thibaud II le Grand : comte de Blois et de Champagne, (1125-1151), grand initiateur des foires de Champagne. Ami de Bernard de Clairvaux dont il écoute, sa vie durant, les conseils.

Henri 1er de Champagne, dit Henri le Large ou le Libéral : né en 1127 à Vitry, fils de Thibaud II Le Grand. Participe à la deuxième croisade, adoubé chevalier par l'empereur byzantin, Manuel Commène. Devient comte de Champagne en 1151. Continue l'œuvre de son père et donne aux foires de Champagne une renommée internationale. Épouse Marie de France en 1164. Repart vers l'Orient en 1179 pour combattre Saladin. Meurt à Troyes, d'une maladie rapportée d'Orient, le 16 mars 1181.

Marie de France : fille d'Aliénor d'Aquitaine et du roi Louis VII, mariée à Henri le Libéral, elle lui donne deux fils : Henri II et Thibaud III, et assume la régence après la mort de son époux.

Les hommes de la cour d'Henri le Large

Maréchal Guillaume le roi : officier de la cour d'Henri le Large.

Milon de Provins, dit le Bréban : fils de Guillaume le roi, officier d'Henri.

Chancelier Étienne : officier d'Henri, tout comme les trois précédents, l'accompagnera lors de son départ en Terre sainte, en 1179.

Nicolas : moine de Montiéramey, il change de robe pour adopter celle des cisterciens. Homme intelligent et fin latiniste, il devient le secrétaire de Bernard de Clairvaux dont il utilisera le sceau à des fins de pouvoir. Chassé par celui-ci, il disparaît et réapparaît à sa mort sous la robe noire de Montiéramey, à la cour d'Henri le Large qui lui donne une charge à Troyes.

Le royaume normand de Sicile

Roger II : roi normand de Sicile, duc de Pouilles, épouse en seconde noce, en 1140, la troisième fille du comte de Champagne. Meurt à Palerme, le 26 février 1154.

Guillaume Ier de Sicile : prince de Tarente et de Capoue, hérite du royaume de Sicile à la mort de son père Roger II (1154-1166).

Maïon de Bari : né d'une famille de négociants en huile des Pouilles. Grand commis puis chancelier sous Roger II. Ministre et chancelier sous le règne de son fils Guillaume. Meurt assassiné en novembre 1160.

Le Saint Empire romain germanique

Conrad III : empereur germanique de 1138 à 1152. Il participe à la deuxième croisade avec Louis VII en 1147. Meurt le 15 février 1152.

Frédéric Ier Barberousse : né en 1122 à Waiblingen, empereur romain germanique (1152-1190). Fait de nombreuses expéditions en Italie où il se heurte à la Ligue lombarde et à Alexandre III, inquiet de ses succès. Détruit Milan en 1162, mais, après sa défaite de Legnano en 1176, reconnaît les prétentions des villes lombardes. Meurt noyé en Cilicie, lors de la troisième croisade, en 1190.

La Chine

À l'époque de ce livre, c'est la dynastie des Song qui règne en Chine du Sud, avec l'empereur Kao-tsong (1127-1162). La capitale est Hang-tcheou.

Pour en savoir plus…

Histoire de Provins et de sa région, COLLECTIF, Éditions Privat.

Les villes des foires de Champagne des origines au début du XIVᵉ siècle, ÉLISABETH CHAPIN, Éditions Slatkine.

« Passe avant le meilleur » ou l'histoire de ces comtes qui ont fait la Champagne, HENRI EHRET, Éditions la Renaissance-Troyes.

Rachi de Troyes, SIMON SCHWARZFUCHS, Éditions Albin Michel.

Les empires normands d'Orient, PIERRE AUBÉ, Éditions Pluriel.

Esclaves et domestiques au Moyen-Âge dans le monde méditerranéen, JACQUES HEERS, Éditions Pluriel.

Voyager au Moyen-Âge, JEAN VERDON, Édition Perrin.

La bourse et la vie, JACQUES LE GOFF, Éditions Pluriel.

Histoire de la Chine, RENÉ GROUSSET, Éditions Payot.

Les explorateurs au Moyen-Âge, JEAN-PAUL ROUX, Éditions Hachette/Pluriel.

De l'or et des épices, Naissance de l'homme d'affaires au Moyen-Âge, JEAN FAVIER, Éditions Hachette/Pluriel.

Se vêtir au Moyen-Âge, FRANÇOISE PIPONNIER, PERRINE MANE, Éditions Adam Biro.

La couleur n° 4, « Regards croisés sur la couleur du Moyen-Âge au XXe siècle », Cahiers du Léopard d'Or, 1994.

La société féodale, MARC BLOCH, Éditions Albin Michel.

Encyclopédie médiévale, Tomes 1 et 2, VIOLLET LE DUC, Éditions Inter-Livres.

Initiation à la symbolique romane, MARIE-MADELEINE DAVY, Coll. Champs, Éditions Flammarion.

La révolution industrielle du Moyen-Âge, JEAN GIMPEL, Coll. Points, Éditions du Seuil.

La vie au Moyen-Âge, ROBERT DELORT, Coll. Points Histoire, Éditions du Seuil.

Aliénor d'Aquitaine et les troubadours, GÉRARD LOMENEC'H, Éditions Sud-Ouest.

Sources d'histoire médiévale, Du IXe au milieu du XIVe siècle, Textes essentiels, Éditions Larousse.

IMPRIMÉ EN FRANCE PAR BRODARD ET TAUPIN
La Flèche (Sarthe), le 12-03-1999
Dépôt édit. : 3722-02/1999
N° Impr. : 3321D
ISBN : 2-7024-9623-7
ISSN : 1281-458X
Édition 01